دس روپے کا نوٹ

(افسانے)

کرشن چندر

Dus rupey ka note *(Short Stories)*

by: Krishan Chander

Edition: April '2025

Publisher :

Taemeer Publications LLC (Michigan, USA / Hyderabad, India)

ISBN 978-93-6908-242-1

9 789369 082421

کتاب	:	**دس روپے کا نوٹ** (افسانے)
مصنف	:	**کرشن چندر**
صنف	:	فکشن
ناشر	:	تعمیر پبلی کیشنز (حیدرآباد، انڈیا)
سالِ اشاعت	:	۲۰۲۵ء
صفحات	:	۹۶
سرورق ڈیزائن	:	تعمیر ویب ڈیزائن

فہرست

کنواری

میگی ایلیٹ استی برس کی پروقار خاتون ہیں۔ بڑے قاعدے اور قرینے سے سجتی ہیں۔ یعنی اپنی عمر اپنا مرتبہ، اپنا ماحول دیکھ کر سجتی ہیں۔ لبوں پر ہلکی سی لپ اسٹک، بالوں میں دھیمی سی خوشبو، رخساروں پر رُوژ کا شائبہ سا۔ اتنا ہلکا کہ گالوں پر رنگ معلوم نہ ہو۔ کسی اندرونی جذبے کی چمک معلوم ہو۔ ہر شام اُن کی لاعز کلائی کا کنگن بدل جاتا ہے۔ میگی ایلیٹ کے پاس چاندی کے چھ سات کنگن ہیں۔ جنہیں وہ بدل بدل کے پہنتی ہیں۔ کسی مرد کو اپنے قریب دیکھ کر میگی ایلیٹ آج بھی اچانک گھبرا جاتی ہیں۔ پھر رک کر کچھ عجیب طرح سے شرما کر مسکراتی ہیں۔ جیسے یہ مسکراہٹ دیکھنے والے سے اپنا بدن چرا رہی ہے۔ اس مسکراہٹ کو دیکھ کر یقین ہو جاتا ہے کہ مس میگی ایلیٹ اپنی طویل عمر کے باوجود ابھی تک کنواری ہیں۔ ان کے تبسم میں ایک عجیب ان چھوئی سی کیفیت ہے۔

میگی ایلیٹ بیرونٹ کریم بھائی کے خاندان میں ستائیس برس کی عمر میں آ گئی تھیں۔ وہ کارنوال کی رہنے والی تھیں۔ بیرونٹ کریم بھائی انہیں لندن سے اپنی سیکرٹری بنا کے لائے تھے۔ اور میگی ایلیٹ نے بھی بمبئی جانا اس لئے پسند کر لیا کہ وہ انگلینڈ میں اپنی محبت کی بازی ہار چکی تھیں۔ وہ اس تکلیف دہ ماحول سے دور بھاگ جانا چاہتی تھیں جہاں انہیں اپنی محرومی کا احساس کسی پالتو کتے کی طرح ہر دم اپنے پیچھے پیچھے تعاقب کرتا ہوا نظر آتا تھا۔ وہ لندن چھوڑ کر بمبئی آ گئیں۔ مگر سیکرٹری کی حیثیت سے دیر تک چل نہ سکیں۔ کیونکہ ابھی محبت کی محرومی کا احساس نیا نیا تھا۔ اس لئے بیرونٹ کریم بھائی سے ملاقات کرنے کے لئے آنے والے مردوں کیساتھ بلا ضرورت تلخی کا سلوک کر بیٹھتیں۔ بیرونٹ کریم بھائی نے انہیں سیکرٹری کے عہدے سے الگ کر دیا۔ مگر نرم دل کے آدمی تھے۔ اس لئے انہوں نے میگی ایلیٹ کو مسز کریم بھائی کی سیکرٹری بنا دیا۔

کئی برس میگی ایلیٹ مسز کریم بھائی کی سیکرٹری رہیں۔ جب مسز کریم بھائی کی وفات ہو گئی تو انہیں مسز کریم بھائی کے بچوں کی گورنس بنا دیا گیا۔ بیرونٹ کریم بھائی مر گئے بچے جوان ہو گئے۔ لڑکیوں کی شادی ہو گئی۔ وہ خاندان سے باہر چلی گئیں۔ مگر میگی ایلیٹ خاندان کے اندر ہی رہیں۔ اب وہ بیرونٹ کریم بھائی کے سب سے بڑے لڑکے ارشاد کریم بھائی کی بیوی سکینہ کو انگریزی پڑھانے اور مغربی آداب سکھانے پر مامور تھیں۔ اور ان دنوں بیرونٹ کریم بھائی کے خاندان کے ساتھ بمبئی سے مسوری آئی ہوئی تھیں۔ کیونکہ گرمیوں میں بیرونٹ مرحوم کا سارا خاندان مسوری آتا تھا۔ ڈنل ڈوک کے مشہور دیوداروں والی گھاٹی پر دو منزلہ کریم کاٹیج انگریزی گھاس والے لان اور انگریزی پھولوں والے قطعوں اور سلیٹی بجری والی روشوں اور سکینہ کریم بھائی کی اونچی سوسائٹی والی پارٹیوں کی وجہ سے بے حد مشہور تھا۔ جی۔ سی

کلب کی رکنیت مشکل نہ تھی مگر سکینہ کریم بھائی کی دعوتوں میں بلایا جانا بہت مشکل تھا۔ اور اس کے لئے بڑی تگ و دو کرنا پڑتی تھی۔ میں چونکہ تاش کا عمدہ کھلاڑی ہوں۔ اور سکینہ کو برج سے عشق ہے۔ اس لئے میں اپنی دو ہزار روپے ماہوار کی قلیل آمدنی کے باوجود کریم کاٹیج کی دعوتوں میں بلایا جانے لگا۔ پھر اسی تاش کے چسکے کے طفیل سکینہ مجھے سہ پہر کی چائے پر بھی بلانے لگی۔ ہوتے ہوتے میرے دن کا بیشتر حصہ کریم کاٹیج میں گزرنے لگا اور سکینہ کی لڑکی عائشہ مجھے میٹھی میٹھی نگاہوں سے دیکھنے لگی۔ دیکھتی رہے، کیا ہرج ہے، اوّل تو سکینہ خود اس قدر سمجھدار ہے کہ اپنی سب سے بڑی لڑکی کو کبھی اپنی آنکھ سے اوجھل نہیں ہونے دیتی۔ پھر مس ایلیٹ اس قدر محتاط رہتی ہیں۔ پھر میں خود اس قدر ڈرپوک ہوں کہ کبھی کسی لڑکی کو لے کر بھاگ نہیں سکتا۔ اس لئے میٹھی میٹھی نگاہوں سے دیکھنا، انگلیوں کو چھو لینا، عائشہ کے ہاتھ سے چائے کا پیالہ لے لینا۔ اُس کی بڑھائی پلیٹ سے مورین کریم کھا لینا اور کبھی کبھی تاش کے دَوران میں ذرا مخصوص لہجہ میں اُسے پارٹنر کہہ دینا بھی میرے لئے کافی ہے۔ چلیئے زندگی میں پارٹنر نہ بنے تاش کے کھیل میں بن گئے! اور یوں غور سے دیکھا جائے تو زندگی کی بازی بھی ایک طرح سے تاش کا کھیل ہے۔ اس میں کبھی ہار ہے کبھی جیت ہے۔ کبھی پتے اچھے آتے ہیں کبھی بُرے آتے ہیں۔ کبھی پارٹنر سے جھگڑا ہوتا ہے۔ صلح صفائی بھی ہوتی ہے۔ حساب کتاب بھی ہوتا ہے۔ اس طرح اپنے پتے کھیلتے کھیلتے ہم بھول جاتے ہیں کہ ان پتوں سے باہر بھی کوئی دنیا ہے۔ جہاں گلاب کھلے ہیں۔ مالی کی بیوی بیمار ہے۔ ایک لکڑہارا لکڑیاں لے کر بیچنے کے لئے جا رہا ہے۔ ڈونڈی والوں کے کپڑے پھٹے ہیں۔ آسمان پر سفید بادل گھوم رہے ہیں دیودار کی شاخ میں بلبل نے گھونسلہ بنایا ہے۔ مالی کے بیٹے نے گوپھیا سنبھالا ہے۔ یکایک ہوا کا ایک جھونکا آتا ہے۔ چنبیلی کے پھولوں کی خوشبو فضا میں تیرنے لگتی ہے۔ اور عائشہ تنگ

کر مجھ سے کہتی ہے ۔" کیا سوچ رہے ہو؟ اپنا پتا جلدی سے چلو۔"

میں گھبرا کر اپنے پتے دیکھنے لگتا ہوں۔ کیونکہ تاش کا کھیل کسی کے لئے زیادہ دیر تک رُک نہیں سکتا۔ پھر وہ وقت بھی آئے گا جب زندگی کی ساری تاش سمیٹ کر الگ رکھ دی جائے گی۔ تمہاری قسمت کا بادشاہ اور یکہ بیگم اور غلام سب دھرے کے دھرے رہ جائیں گے۔ اور تم اس تاش میں سے ایک پتا نکال نہ سکو گے۔ کسی کو پارٹنر نہ کہہ سکو گے۔ تمہاری بازی ختم ہوئی۔ اور بس اتنی ہی تمہاری بازی تھی۔ اس لئے اپنا پتا جلدی سے چلو۔

اصل میں جو میں اس طرح سے سوچتا ہوں تو اس کی وجہ یہ ہے کہ میں ایک دفعہ محبت کی بازی ہار چکا ہوں۔ دوبارہ زندگی کو داؤ پر لگانے کی ہمت نہیں ہوئی۔ میری طرح سنا ہے، مس ایلیٹ بھی اس میدان میں ہار چکی ہیں۔ مگر پھر بھی داؤ لگانے سے باز نہیں آتیں۔ یہ بھی ان کی زندگی سے گہری محبت کا ثبوت ہے۔ ہمیشہ مجھ سے چہل کرتی رہتی ہیں۔ حالاں کہ جانتی ہیں۔ کچھ نہیں ہو سکتا۔ بھلا بتیس برس کے مرد اور اسی برس کی عورت کے درمیان کیا ہو سکتا ہے۔ مگر چہل کرنے سے باز نہیں آتیں۔" پاشا اپنے ماتھے کی لٹ سنبھال لو۔ ورنہ میرا دھیان اپنے پتوں میں نہیں رہ سکتا۔" "پاشا، کہاں دیکھ رہے ہو، کیا دیودار کے اس پیڑ پر تاش کے پتے لٹکے ہیں ۔۔ ؟" ۔۔ اب کے بھی ضرور جیتوں گی۔ کیونکہ میرے پتوں میں ایک پاشا بھی ہے۔" وہ میرے نام کی خاطر بادشاہ کو پاشا کہنے لگی ہیں۔ مس ایلیٹ کے معصوم مذاق سے سبھی محظوظ ہوتے ہیں۔ عائشہ بھی ہنس دیتی ہے۔ پھر میری طرف دُزدیدہ نگاہوں سے دیکھ کر آنکھیں جھکا لیتی ہے۔ وہ جھکی جھکی آنکھیں مجھے اپنے پاس بلاتی ہیں۔ فاصلہ بھی زیادہ نہیں ہے۔ میں دونوں ہاتھ بڑھا کر عائشہ کو اپنے بازوؤں میں لے سکتا ہوں۔ مگر میں نہیں لے سکتا۔ تاش کھیلنے والے دوسرے بھی تو ہوتے ہیں۔ ایک طرف عائشہ کی ماں سکینہ بیٹھتی ہے۔ دوسری طرف کریم

بھائی اُسٹیٹ کے میجر عاقل بھائی بیٹھے ہیں۔ جنھوں نے عائشہ کے لئے نیروبی کے ایک کروڑپتی تاجر کا بیٹا ڈھونڈ رکھا ہے۔ زندگی کی تاش کس قدر آسان ہوتی اگر دوسرے کھیلنے والے نہ ہوتے اب تم ان سہمی سہمی نگاہوں کے چھوٹے چھوٹے پتے میری طرف کیوں پھینکتی ہو عائشہ۔ اِن دگی تگیوں سے کیا ہوگا۔ جب کہ یکہ اور بادشاہ بیگم اور غلام اور نہلے پر دہلا دوسروں کے ہاتھ میں ہیں۔ ؟ نو بڈ پارٹنرز:

اپنا ہنسی مذاق مس ایلیٹ سے تو چلنا ہی تھا۔ مگر اس کی کیفیت ایک معصوم چہل سے زیادہ نہ تھی۔ البتہ ماسٹر متین احمد کے سلسلے میں مس ایلیٹ زیادہ سنجیدہ نظر آتی تھیں۔ اور دن بدن گہری دل چسپی کا ثبوت دے رہی تھیں۔ ماسٹر متین احمد یہاں مسوری میں آکر تین ماہ کے لئے ملازم رکھے گئے تھے۔ بچوں کو پڑھانے اور ان کی دیکھ بھال کرنے کے لئے۔ اسٹیٹ مینجر فاضل بھائی نے بہت سوچ سمجھ کے متین احمد صاحب کو مقرر کیا تھا۔ کیونکہ ماسٹر متین احمد خاصے بوڑھے تھے۔ ستر برس کے قریب عمر ہوگی۔ دو بیویاں یکے بعد دیگرے وفات پا چکی تھیں۔ پوتوں اور نواسوں والے تھے۔ چھتری لے کر اور سر جھکا کر اور اپنی گری ہوئی مونچھوں کو اور بھی گرا کر چلتے تھے۔ سرخ و سپید رنگت میں بڑھاپے کا پکا پن اور بڑھاپے کی جھریاں آگئی تھیں۔ مگر اس عمر میں بھی حوصلہ جوان رکھتے تھے۔ اور دلگیر تخلص کرتے تھے۔ اپنا کلام جو آج تک کہیں نہ چھپا تھا۔ مس ایلیٹ کو ہر روز سناتے تھے۔ مس ایلیٹ ہر چند کہ اردو شاعری میں کوئی استعداد نہ رکھتی تھی۔ اب مصرعہ پر مصرعہ اُٹھاتی تھیں۔ اور اس کوشش میں رہتی تھی کہ کسی طرح گرہ بھی لگ جاتے۔ حالاں کہ اس نیک دل خاتون کی شاعرانہ صلاحیتوں کی معراج ٹونکل ٹونکل لٹل اسٹار سے آگے نہ بڑھی تھی۔ مگر اب وہ دونوں ماسٹر متین احمد اور مس میگی ایلیٹ کبھی برآمدے کے کسی کونے میں بیٹھے ہوئے، کبھی کسی لان پر ٹہلتے ہوئے، ٹونل ڈوک کے

دیوداروں میں گھومتے ہوئے شاعری پر بحث کرتے رہتے تھے۔ اور بحث کے دوران میگی ماسٹر جی کا مفلر ٹھیک کرتی جاتی تھیں۔ ورنہ سردی لگ جانے کا اندیشہ ہے۔ اور سردی میں شعر ٹھٹھر جاتے ہیں۔ کبھی اُن کے سر کی ٹوپی کا رُخ بدل دیتی تھیں کہ "یوں زیادہ اچھا لگتا ہے" کبھی ان کا ہاتھ پکڑ کے ڈوک کے نالے کے پتھروں پر قدم جما کے چلتی ہوئی نالہ پار کر جاتیں۔ ہر روز شام کو نالہ پار کرنا ضروری تھا۔ مرد کے بازو کا سہارا کتنا اچھا لگتا ہے۔ مرد کی انگلیوں کا مضبوط لمس جیسے کسی کمزور بیل کو پیڑ مل جائے۔ صحت میں آج بھی میگی ماسٹر جی سے بہتر نظر آتی تھیں۔ مگر نالہ دیکھتے ہی چھ سال کی بچی کی طرح ڈرنے اور کانپنے لگتی تھیں۔ اور اپنے سارے جسم کا بوجھ غریب ماسٹر جی پر ڈال دیتی تھیں۔ ماسٹر جی ہانپتے کانپتے ہونٹ چباتے دمے کے مریض کی طرح سانس لیتے ہر روز بڑی بہادری سے مس ایلیٹ کو نالہ پار کرا دیتے تھے۔ پھر دم اس قدر پھول جاتا کہ نالے کے اس پار پتھر پر بیٹھ کر دیر تک منہ سے کچھ نہ بول سکتے۔ وادی کا منظر دیکھتے رہتے۔ اپنے سانس کی دھڑکنیں ٹھیک کرنے میں انہیں کئی منٹ لگ جاتے۔ مگر وہ خاموشی کے اس لمبے وقفے کو کسی طرح اپنی جسمانی کمزوری پر محمول کرنے کے لئے تیار نہ تھے۔ جب دم میں دم آتا تو کہتے: "یہاں سے وادی کا منظر اس قدر خوبصورت دکھائی دیتا ہے کہ یہاں آتے ہی میں دم بخود ہو جاتا ہوں۔ منہ سے کچھ بول نہیں سکتا۔"

"یہی حالت میری بھی ہوتی ہے۔" میگی بھی اپنی پھولی ہوئی سانس کو قابو میں کرتے ہوئے کہتی: "یہ وادی بالکل تمہاری شاعری کی طرح خوبصورت ہے۔"

بہت دیر تک وہ دونوں چپ رہتے۔ کیونکہ واپسی میں نالے کو پھر پار کرنا ہوتا۔ ماسٹر متین احمد بڑی ناامیدی سے نالے کو دیکھتے اور ان کی ہمت ڈوب ڈوب جاتی۔ اور وہ دل ہی دل میں سوچتے۔ کل سے میں میگی کو اِدھر سیر کرانے کے لئے نہیں لاؤں گا۔ مگر میگی کی یہی

تو ایک کمزوری تھی۔ نالے کے اس چند گز کے پاٹ میں وہ سب۔ کچھ پا لیتی تھی۔ وہ سب کچھ جو اُسے زندگی میں کبھی نہ ملا۔ اس مختصر سے فاصلے میں وہ کسی کی بیوی ہو جاتی۔ کسی کا سہارا لے لیتی کسی کے کندھے سے سر لگا لیتی۔ کسی کی قربت کا احساس کر لیتی۔ بالکل اُس الہڑ کنواری کی طرح ہو جاتی جو کسی خطرے کے سبب اپنے آپ کو بچانے کے لئے کسی مرد سے لپٹ جاتی ہے۔ نالے کے پار جا کر وہ پھر ایک انگریز عورت ہو جاتی تھی۔ اپنے آپ میں مکمل، مضبوط اور خود مختار۔ مگر نالہ پار کرتے ہوئے کمزوری کے یہ چند لمحے بڑے قیمتی ہوتے تھے۔ اور وہ ہر روز بڑی بے صبری سے ان چند لمحوں کا انتظار کرتی تھی۔

پھر ایک دن اس کی زندگی میں پام آ گئی۔ پامیلا متھوراٹ اس کی ممبئی کی سہیلی تھی۔ پامیلا نے ممبئی کے ایک تاجر سے شادی کی تھی۔ چند سال ممبئی میں رہ کر مسٹر متھوراٹ اور ان کی بیوی منگلور چلے گئے تھے۔ چند سال خط و کتابت ہوتی رہی۔ پھر خط و کتابت بند ہو گئی۔ اب بیس بائیس برس کے طویل وقفہ کے بعد جب پامیلا متھوراٹ اچانک مسوری میں اُسے نظر آ گئی تو دونوں سہیلیوں کی خوشی دیکھنے کے لائق تھی۔ نہ صرف یہ کہ دونوں نے کئی منٹ تک مصافحہ کیا۔ بلکہ آواز میں لرزش بھی تھی۔ اور آنکھ میں آنسوؤں کا شبہ تک پیدا ہو گیا تھا۔

پام اس عرصہ میں دو شوہر بھگت چکی تھی۔ وہ بے چارے دونوں مر چکے تھے۔ مگر پام ساٹھ برس کی ہو کر بھی اپنی شوخی و طراری کو ہاتھ سے نہ جانے دیتی تھی۔ اپنی فطرت میں پام میگی سے بالکل الگ تھی۔ میگی دبلی پتلی تھی تو پام موٹی۔ میگی سنجیدہ تھی تو پام بات بے بات قہقہہ لگانے والی۔ میگی ہلکا سا میک اَپ کرتی تھی تو پام بالکل گہرا۔ بالکل جوان عورتوں سا میک اپ کرتی تھی۔ اس کی آواز ابھی تک بہت اچھی تھی اور اُسے بہت سے فحش لطیفے یاد تھے۔ اس کی کوئی اولاد نہ تھی۔ پہلے شوہر سے ایک لڑکی ہوئی تھی وہ دو سال کی عمر میں

چل بسی۔ دوسرا شوہر ایک اینگلو انڈین تھا۔ وہ ہر وقت شراب میں دھت رہتا تھا۔ اور کبھی کبھی اسے پیٹتا بھی تھا۔ کبھی کبھی مرد پیٹے تو بڑا مزہ آتا ہے۔ پام نے میگی کو سرگوشی میں بتایا۔ کیونکہ اس کے بعد مرد پر پچھتاوے کا ایک شدید دورہ پڑتا ہے۔ اس میں وہ عورت کو بڑی شدت سے منانے پر مجبور ہوتا ہے۔ اس دورے میں بڑی احمقانہ باتیں کرتا ہے۔ روتا ہے۔ ہاتھ جوڑتا ہے۔ پاؤں پڑتا ہے۔ کبھی کبھی اپنے جذبات سے مغلوب ہو کر نیا فراک تک سلوا دیتا ہے۔ پام کو جب بھی کسی نئے فراک کی ضرورت ہوتی تھی وہ اپنے شوہر کو کسی نہ کسی طرح پیٹنے پر مجبور کر دیتی تھی۔ شوہر رکھنا عمدہ چیز ہے مگر آہ ..... اب تو بڑھاپا آگیا۔ پام اک آہ بھر کے چپ ہو گئی۔

"تم تو بالکل بچہ ہو۔ بالکل بچہ!" میگی نے بڑی عمر کی بہن کا رشتہ لیا۔ اور پام کی اُلجھی لٹ ٹھیک کرنے لگی۔ "یہ بال کیسے بنا رکھے ہیں.....؟ میگی کے لہجے میں۔ ممتا کی لرزش سی آ گئی جسے سن کر پام کچھ اور پھیل گئی۔ اٹھلا کر بولی۔

"اب ہم سے نہیں ہوتا میگی۔"

"تم کہاں ٹھہری ہو؟" میگی نے پام سے پوچھا۔

"پہلے تو کلارکس میں ٹھہری تھی۔ ایک گجراتی فیملی کے ہمراہ احمد آباد سے آئی تھی۔ ان لوگوں کو جلدی واپس جانا پڑ گیا۔ خاندان میں کوئی موت ہو گئی تھی۔ وہ لوگ سب چلے گئے ہیں۔ مگر میں ایسی گرمی میں واپس احمد آباد نہیں جا سکتی۔ اس لئے میں اُن کی ملازمت سے الگ ہو گئی ہوں۔ اور اب مسز ٹریورز کے چھوٹے سے بورڈنگ ہاؤس میں ٹھہری ہوں۔ بڑی کمینی عورت ہے۔ ابھی تک دو روز کی ابلی ہوئی پتیوں کی چائے پیتی ہے۔ جیسے یہ مسوری نہ ہو انگلینڈ ہو۔ اور جنگ ابھی تک جاری ہو۔"

میگی پامیلا کو مسز ٹریورز کے بورڈنگ ہاؤس سے کریم کاٹیج میں اُٹھا لائی۔ اور اس سے ایسی محبت اور شفقت سے پیش آنے لگی، جیسے پام اُس کی برابر کی سہیلی نہ ہو۔ کوئی چھوٹی سی بچی ہو۔ میگی پام کے بال بناتی۔ پام کے کپڑے نکالتی۔ اس کے کپڑوں پر استری کرتی۔ اس کو مشورہ دیتی، وہ کون سی چیز کھائے، کون سی چیز نہ کھائے۔ کبھی کبھی اُسے ایک سخت گیر ماں کی طرح ڈانٹ بھی دیتی۔ اور پام میگی کی محبت پا کر بے طرح اٹھلانے لگی تھی۔ اور ساٹھ برس کی ہو کر تیس برس کی خاتون کی سی ادائیں دکھانے لگتی اور جب دیکھتی کہ میگی کی محبت بہت زور مار رہی ہے تو تتلا تتلا کر باتیں کرنے لگتی!

اب میگی پام اور ماسٹر جی (ماسٹر متین احمد) کا تگڈم بن گیا تھا۔ تینوں برآمدے کے دوسرے کونے میں الگ جا کر بیٹھتے تھے۔ تاش کھیلتے تھے۔ اپنی بیماریوں اور ان کی دواؤں پر مختلف زاویوں سے بحث کرتے تھے۔ اور ہر وقت تین شریر بچوں کی طرح مسرور اور مگن نظر آتے تھے۔ آپس میں ان کی کیا باتیں ہوتی تھیں، یہ تو ہم نہیں جان سکے۔ البتہ اتنا ضرور احساس ہونے لگا کہ ان تینوں میں گاڑھی چھن رہی ہے۔ ماسٹر جی جو پہلے میگی پر اپنی پوری توجہ صرف کرتے تھے۔ اب میگی کے اصرار کرنے پر پام پر بھی کسی قدر اپنی توجہ دینے لگے۔ آہستہ آہستہ یوں ہو گیا کہ تعلقات برابر کے ہو گئے۔ ماسٹر جی اپنی آدھی توجہ میگی اور آدھی توجہ پام کو دیتے تھے۔ اور کسی طرف ڈنڈی نہ مارتے تھے۔ بہت دنوں تک یہ سلسلہ چلا۔ پھر ہوتے ہوتے غیر شعوری طور پر پام کی طرف پلڑا جھکتا چلا گیا۔ کیونکہ پام ساٹھ برس کی تھی اور میگی اسی برس کی تھی۔ پام کے چہرے پر جھریاں بہت کم تھیں۔ اور پام کسی قدر زندہ دل تھی۔ اور کیسے عمدہ لطیفے سناتی تھی۔ میگی کی روح بلاشبہ پام سے بہتر معلوم ہوتی ہے۔ اس کے جذبے میں سچائی اور شدت بھی زیادہ معلوم ہوتی ہے۔ مگر جسم کو جدھر سے دیکھو ہڈیاں سی نکلی ہوئی معلوم ہوتی ہیں۔ اور پام تو بالکل گرم پانی

کی بھری ہوئی ربڑ کی بوتل کی طرح آرام دہ معلوم ہوتی ہے۔ اور شریر پام پلڑا اپنی طرف جھکتے دیکھ کر غریب ماسٹر کو اور بھی الکانے لگی اور اکسانے لگی۔ اور اپنی سہیلی کی ساری خاطر و مدارت بھول کر اُسے جلانے پر تُل گئی۔

بے حیا بلی! میگی نے دل ہی دل میں سوچا۔ پہلے تو میگی نے طرح دی۔ اور بار بار وہ طرح دیتی رہی۔ کبھی نگاہیں پھیر لیتی۔ جیسے اُس نے کچھ دیکھا نہ ہو۔ پھر یوں غائب ہو جاتی جیسے اُس نے کچھ سنا نہ ہو۔ پھر جب دل خون ہونے لگتا۔ اُس وقت بھی یوں ہنس دیتی جیسے کچھ ہوا نہ ہو۔ مگر پلڑا جھکتا ہی گیا۔ اور ہم دیکھتے رہے۔ اور ان تینوں سے دُور ہی دُور اپنے برج کی میز سے اس دلچسپ ڈرامے کو دیکھتے رہے جو اب اپنی معراج کو پہنچ رہا تھا۔

ایک مہکتی ہوئی نارنجی شام میں جب ہوا کی خنکی بڑھ گئی تھی اور ہم لوگ جی۔ بی۔ کلب میں جانے کی تیاری کر رہے تھے عائشہ اور میں کالے سنگ مرمر کے شیروں والے چبوترے پر کھڑے سکینہ اور فاضل بھائی کا انتظار کر رہے تھے جو اپنے اپنے کمرے میں کپڑے بدلنے گئے تھے۔ گئی تو عائشہ بھی تھی مگر کمرے سے جلدی نکل آئی تھی۔ کیونکہ اس طرح سے ہم دونوں کو اکیلے میں ساتھ رہنے کے لئے چند منٹ مل جاتے تھے۔ اس وقت عائشہ ایک کالے شیر کی پیٹھ پر بیٹھی ہوئی تنک مزاجی سے بار بار اپنے دائیں پاؤں کا سینڈل ہلا رہی تھی۔ اور قریب کے مرمریں ستون پر چڑھی ہوئی زرد گلاب والی بیل سے پھولوں کی کچی کلیاں توڑ توڑ کر میرے پاؤں پر پھینک رہی تھی۔ ایک کلی میری پتلون کی موہری میں جا اٹکی اور میں اسے نکالنے کے لئے جو جھکا تو مجھے عائشہ کا سُرخ ہوتا ہوا چہرہ اور اُس کے تھرتھراتے ہوئے اُبھار اپنے بہت قریب نظر آئے۔ کیونکہ عائشہ بہت قریب سے مجھے دیکھ رہی تھی۔ میں نے جھکے جھکے اُس کی طرف ایک لمحہ کے لئے دیکھا۔ وہ میرے اس قدر قریب تھی کہ میں نے اس کے سانس کی آنچ اور

اُس کے حسن کی پگھلتی ہوئی لَو اپنے رخساروں پر محسوس کی۔ اُس کے گلابی ہونٹ ذرا سے کھل گئے تھے اور بالکل منتظر تھے۔ ایسے میں میں نے سکینہ کو برآمدے کے اندر کے کمرے سے نکلتے ہوئے دیکھ لیا۔ میں نے جلدی سے پتلون کی جیب سے زرد گلاب کی کچی کلی کو نکالا اور سیدھا ہو کر اُسے زور سے دُور پھینک دیا۔

"بزدل!" عائشہ ناگن کی طرح پھنکاری۔ پھر سکینہ کو آتے دیکھ کر سنبھل گئی۔

میگی اور پام اور ماسٹر جی بھی تینوں باہر جا رہے تھے۔ مگر کلب کو نہیں۔ نالے پر سیر کرنے کے لئے۔ کچھ دنوں سے یہ اکٹھے سیر کرنے کے لئے نالے کو جاتے تھے۔ آج سردی بڑھتی ہوئی دیکھ کر میگی اپنے دبلے چھریرے بدن میں جھری جھری محسوس کرکے کانپ اُٹھی۔ اُس نے پام اور ماسٹر جی دونوں کی طرف دیکھ کر کہا۔

"ٹھہرو! میں اندر سے اپنا اونی کوٹ پہن کے آتی ہوں ...."

"اونی کوٹ موسم گرما کی رُت میں؟" پام نے طنز آمیز انداز میں سوال کیا۔

مگر میگی اُس کے سوال کا کوئی جواب نہ دے کر اندر چلی گئی۔

چند لمحوں تک تو پام چپ رہی اور اپنے دونوں کولہوں پر ہاتھ رکھ کر اِدھر اُدھر ڈولتی رہی۔ پھر اُس کی آنکھوں میں ایک شریر چمک نمودار ہوئی اور اُس نے سر کے اشارے سے ماسٹر متین احمد کو اپنے پیچھے آنے کے لئے کہا۔

ماسٹر متین احمد نے چند لمحوں کے لئے توقف کیا۔ بہت بے چین نظر آئے۔ اِدھر دیکھا اُدھر دیکھا۔ جب کچھ سمجھ میں نہ آیا تو پام کے پیچھے ہو لئے۔ پام نالے کی سمت جا رہی تھی۔ ماسٹر متین احمد کو ساتھ لے کر۔

چند لمحوں میں وہ دونوں نظر سے اوجھل ہو گئے۔ جب نظر سے اوجھل ہو گئے تو میں نے

دیکھا کہ ماسٹر جی پام کے ساتھ ساتھ چل رہے تھے۔ پام نے اُن کے بازو کا سہارا لے لیا تھا۔ وہ بازو جواب تک صرف میگی کے لئے وقف تھا۔ اُن کے جانے کے بعد ہی میگی کچھ گنگناتی ہوئی اپنا ہلکا گرے اونی کوٹ پہن کر باہر نکل آئی۔ جب اُس نے دیکھا کہ ماسٹر جی اور پام نہیں ہیں تو وہ ایکبارگی ٹھٹھک گئی۔ اُس کے چہرے کا رنگ ایک دم اُس کے کوٹ کی طرح گرے ہو گیا۔ زیرِ لب ہونٹوں کی گنگناہٹ ایک دم رُک گئی۔ اُس نے اِدھر دیکھا اُدھر دیکھا۔ جب کچھ سمجھ میں نہ آیا تو سکینہ سے پوچھا۔

"یہ لوگ کہاں ہیں؟"

"چلے گئے۔" سکینہ نے بے حس لہجے میں کہا۔

میگی کی ڈولتی ہوئی پُتلیاں بڑی تیزی سے اِدھر اُدھر گھومیں۔ جیسے کوئی پرندہ اچانک زخمی ہو کر تڑپنے لگے۔ سکینہ ان آنکھوں کی اذیت کی تاب نہ لا سکی۔ بڑے غصّے سے بولی۔

"میگی، تمہیں ہوا کیا ہے....؟" دیکھتی نہیں ہو، پام تم سے عمر میں کتنی کم ہے؟"

میگی نے ایک لمحے کے لئے ٹھٹھک کر سیدھا سکینہ کی آنکھوں میں دیکھا۔ پھر بڑی نخوت سے ایک ایک لفظ پر زور دے کر بولی۔

"عمر کم ہے تو کیا ہوا؟.... وہ میری طرح کنواری تو نہیں ہے!"

پھر مس میگی ایلیٹ عمر اسی سال۔ ایک عورت۔ اپنی ایڑی پر گھوم گئی۔ اور ایک ناقابلِ تسخیر غرور سے سر اُٹھائے ہوئے برآمدے میں چلی گئیں ــــ واپس اپنے کمرے میں چلی گئیں۔ دروازہ بند ہو گیا۔ ہم دیکھتے ہی رہ گئے ــــ یہ بھی سمجھ میں نہ آیا کہ ہنسیں یا روئیں؟

سکینہ ایک دم بہت سنجیدہ ہو گئی تھی۔ اُس نے اپنی آنکھیں ہم سے چرا لی تھیں اور اب تیز تیز قدموں سے آگے چل رہی۔ اُن کے پیچھے پیچھے فانسل بھائی جلدی جلدی سے قدم

بڑھانے لگے۔

عائشہ نے میری طرف بڑے غور سے دیکھا۔

میں نے گلاب کی بیل سے ایک زرد کلی کو توڑ لیا اور اسے سونگھتے ہوئے بولا۔

"نو بڈ پارٹنرز؟"

تائی

تلسی بائی کے ہونٹ خوف سے پیلے پڑ گئے تھے اس کی آواز میں سوکھے پتوں کی لرزش تھی۔ اور یہ سوچ سوچ کر اس کی آنکھوں میں اندھیرا چھا رہا تھا کہ اگر عائشہ بی نے بھی انکار کر دیا تو پھر وہ کیا کرے گی؟ کس کے پاس جائے گی؟ اس کے لئے تلسی بائی نے ہاتھ جوڑ کر، گڑگڑاتے ہوئے عائشہ بی سے کہا۔

" بائی میری تائی دس روز سے بیمار ہے۔ اس کا بخار ٹوٹتا ہی نہیں۔ دس روپے ادھار دے دو۔ پگار میں سے کاٹ لینا۔"

عائشہ نے ناں تو نہ کی، لیکن بولی "تیری پگار اکیس ۲۱ روپے ہے نا؟ تو مجھ سے نو روپے ادھار لے چکی ہے اب تک، اسی مہینے میں۔ ہے نا؟"

تلسی نے سر ہلا کر ہاں کہا۔

" اچھا اب دس روپے اور لے لے گی، تو ہو جائیں گے انیس ۱۹. ٹھیک ؟ عائشہ نے کہا۔
" ٹھیک ؟" تلسی نے بڑھتی ہوئی مایوسی سے کہا۔
" تو گویا مہینہ ختم ہونے کے بعد تجھے اکیس کے بجائے صرف دو روپے ملیں گے. کیونکہ انیس تو لے چکی ہو گی. اب اچھی طرح سے سوچ لے اور پھر ادھار مانگ !"
تلسی بائی نے سوچا۔ مجھے آج اپنی بیٹی کے علاج کے لئے روپوں کی ضرورت ہے. مہینہ ختم ہونے کے بعد پھر ضرورت ہو گی تب میں کیا کروں گی ؟ میں نہیں جانتی. آگے بھی اندھیرا ہے۔ اس وقت بھی اندھیرا ہے۔ پر یہ مصیبت کا سے تو ٹل جائے۔ میری بیٹی کسی طرح اچھی ہو جائے. آگے میں دیکھ لوں گی۔ مگر آگے بھی کیا دیکھوں گی ؟ عائشہ بی تو کہتی ہیں. مگر ٹھیک کہنے سے کیا یہ مصیبت ٹل سکتی ہے۔ دس روپے تو لینے ہوں گے اُدھار، اور اگلے ماہ پھر لینے ہوں گے۔ اس لئے آج کی مصیبت اور آنے والی مصیبت دونوں کے درمیان توازن پیدا کرنے کی کوشش کرتے ہوئے تلسی نے پھر بڑی عاجزی سے کہا۔
" تو مالکن تھوڑا تھوڑا کر کے چار پانچ مہینوں میں کاٹ لینا۔" تلسی نے گھبرا کر کہا۔ وہ محنت کرنے والی خوددار عورت تھی۔ اس طرح مانگنے سے اسے شرم بھی آ رہی تھی اور اپنے آپ پر غصہ بھی۔ عائشہ پر بھی اسے غصہ آ رہا تھا۔ وہ سمجھتی کیوں نہیں، اس کی ضرورت کیا ہے ؟ عائشہ کے بٹوے میں ہمیشہ نوٹ بھرے کیوں رہتے ہیں ؟ اور دن رات کام کرنے کے بعد بھی تلسی کی جیب کیوں خالی رہتی ہے ؟ مانگنا کتنا مشکل کام ہے۔ جی چاہتا ہے کسی کا گلا گھونٹ دوں۔ مگر اپنے غصہ کو دباتے دباتے تلسی بائی کی آنکھوں میں آنسو چھلک آئے گھٹے ہوئے غم اور غصے کے تلخ آنسو، انہیں دیکھ کر عائشہ کا دل پگھلنے لگا۔ بائی اچھی عورت ہے۔ روز روز تو مانگتی نہیں ضرور اس کی بیٹی بیمار ہے۔ یہ بہانے کر کے ادھار لے جانے والی عورت نہیں ہے۔ ویسے

آج کل دنیا میں کسی کا کوئی پتہ نہیں چلتا۔ کب سچ بول رہا ہے کوئی؟ کب جھوٹ، دس روپے دے دینے میں کیا حرج ہے؟ تین مہینوں میں کاٹ لوں گی۔

تلسی بائی ہاتھ جوڑے مجبور لہجے میں کہہ رہی تھی "میں نہ مانگتی۔ مگر میرا گھر والا تم جانتی ہو تین دن سے کام پر نہیں گیا۔ شراب پی کر دھت پڑا ہے۔ جاگتا ہے تو اور شراب مانگتا ہے۔ یا مستی میں آکر مجھے پیٹنے لگتا ہے۔ یہ دیکھو!"

تلسی بائی اپنے جسم کے نیل دکھلانے لگی "اب اسے کیا کہوں؟" تلسی بائی نے اپنی ساڑھی کے پلو کے ایک چھوٹے سے کونے سے اپنے آنسو پونچھے۔

عائشہ نے اپنے بٹوے میں ہاتھ ڈال کر دس کا نوٹ نکالا اور تلسی بائی کے حوالے کرتے ہوئے کہا "لو یہ دس روپے تین مہینے میں کاٹ لوں گی"

"اچھا" کہہ کر تلسی بائی وہاں سے بھاگی۔ وہ گھر سے نکل کر باہر سڑک پر آگئی۔ نوٹ کو غور سے دیکھا جیسے اسے اپنی آنکھوں پر اعتبار نہ آرہا تھا۔ کانپتی ہوئی انگلیاں اسے ٹٹول رہی تھیں جیسے ماں پیار سے اپنے بچے کا جسم ٹٹولتی ہے۔ پھر اس نے نوٹ کو اپنے سینے سے لگا لیا۔ اپنے ہونٹوں سے لگا لیا۔ اپنے ماتھے سے لگا لیا جیسے یہ دس کا نوٹ نہیں ہے، تانی کی زندگی تلسی کی ممتا کی آخری امید ہے پھر وہ سڑک پار کر کے سامنے کے جھونپڑوں کی طرف دوڑنے لگی۔ کیونکہ دوا کا نسخہ تانی کے بستر کے نیچے پڑا تھا اس کا جھونپڑا چھ فٹ لمبا۔ پانچ فٹ چوڑا چار فٹ اونچا تھا اس میں بہت جھک کر داخل ہونا پڑتا تھا داخل ہونے سے پہلے تلسی نے نوٹ کو تہہ کر کے اپنی چولی میں چھپا لیا اور گھٹنوں کے بل ہو کر وہ اپنے جھونپڑے میں داخل ہوئی۔ اس کا گھر والا گھڑے سے پانی نکال کر مٹی کے ایک کوزے میں پی رہا تھا۔ ایک کونے میں تانی بخار سے پھنک رہی تھی۔ تلسی نے گھبرا کر اپنی بیٹی کے پنڈے کو ہاتھ لگایا پھر

فوراً ہی ہاتھ کھینچ لیا۔ آگ کی طرح تپ رہی تھی تانی۔ اور آنکھیں اوپر کو چڑھ گئی تھیں گھبرا کر اس نے سینے پر دوہتڑ مارا۔ بولی۔

"تین دن سے شراب میں دھت پڑے ہو اور لڑکی کا یہ حال ہو گیا ہے۔ مگر تمہیں گھر کی فکر ہی نہیں ہے۔ کھاکرے۔"

کھاکرے نے مٹی کا کوزہ گھڑے میں اٹھا رکھ دیا۔ گھٹنوں کے بل پر چلتا ہوا لڑکی کے پاس آیا اس کے سر اور رنپڈے پر ہاتھ پھیرتا رہا۔ دیر تک کچھ سوچتا رہا۔ اس کی آنکھوں میں شرمندگی کا ایک عجیب سا احساس تھا۔ نرمی سے بولا۔

"ٹھیکیدار سے ایڈوانس مانگتا ہوں۔"

"ٹھیکیدار سے جا کر ایڈوانس مانگتا ہوں؟" کھاکرے کا منہ چڑاتے ہوئے بولی۔ "تیس روپے پہلے سے ایڈوانس لے چکے ہو۔ اب وہ تمہیں کیوں دے گا؟ تم بیٹھو یہیں لڑکی کو دیکھو۔ میں کہیں نہ کہیں سے بندوبست کر کے دوا لاتی ہوں۔ اتنا کہہ کر تلسی نے تانی کے بستر کے نیچے سے دوا کا نسخہ نکالا۔ کھاکرے نے تلسی کو شبہے کی نظروں سے دیکھا۔ گھٹنوں کے بل چلتا ہوا تلسی کے پاس آیا۔ بولا۔

"بندوبست کر لیا ہے؟ یا کرنے جا رہی ہو؟"

"کہاں سے کیا ہے؟" تلسی کچھ گھبرا کر کچھ خفا ہو کر بولی۔ "تین گھروں میں برتن جھاڑو کا کام کرتی ہوں۔ کسی نہ کسی کے دل میں دیا آ جائے گی۔ ادھر پیٹ کے دس روپے تو مل ہی جائیں گے۔

مل جائیں گے نہیں۔ تم دس روپے لے کے آئی ہو۔" کھاکرے نے آنکھوں میں آنکھیں ڈال کر دیکھا۔ تلسی کی نگاہیں نیچی ہو گئیں۔ اس کا ہاتھ بے اختیار اپنی چولی پر گیا۔ کھاکرے کا ہاتھ تلسی کے ہاتھ پر گیا۔ تلسی چیخی۔

"مجھے ہاتھ مت لگاؤ!"

کھاکرے کو ٹوٹ لگ رہی تھی۔ اس کے حلق میں کانٹے سے چبھ رہے تھے۔ دو کوزے پانی پی کر بھی اس کی پیاس نہیں بجھی تھی۔ اس کی لالچی آنکھوں میں شراب کی بوتل ڈولنے لگی۔ بڑی مشکل سے اس نے اپنی خواہش کو چھپاتے ہوئے بڑی نرمی سے کہا۔

"مجھے دیدو۔ میں تائی کے لئے دوا لے کر آتا ہوں۔"

"میرے پاس نہیں ہیں!"

"تو جھوٹ بولتی ہے۔"

"گنگا مائی کی قسم۔"

"جھوٹ مت بول! پیسے ادھر لا!"

"نہیں۔ میں نہیں دوں گی۔"

"کیسے نہیں دے گی؟"

تلسی نے اپنے دونوں ہاتھ چولی پر رکھ لئے تھے۔ کھاکرے نے بڑی سختی سے تلسی کے دونوں ہاتھ اس کی چولی سے جھٹک دیئے۔ تلسی نے پھر اپنے سینے سے لگائے۔ وہ زور زور سے ہانپ رہی تھی۔ کبھی کسی طرح وہ یہ دس روپے نہیں دے گی۔ تلسی اور کھاکرے میں لڑائی ہونے لگی۔ تائی آنکھیں کھول کر وحشیانہ نگاہوں سے دیکھنے لگی اور چیخنے لگی۔ اب کھاکرے بھی ایک وحشی جانور کی طرح تلسی پر جھپٹ پڑا۔ تلسی اپنے جسم و جان سے پورا زور لگا کر مدافعت کر رہی تھی۔ مگر کھاکرے نے اس کی چولی کو پھاڑ ڈالا اور ننگی چھاتیوں کے اندر نوٹ کو دبا ہوا دیکھ کر خوشی کی ایک چیخ کھاکرے کے منہ سے نکل گئی۔ خوشی کی یہ چیخ چھاتیوں کو ننگی دیکھ کر نہیں نکلی تھی ان کے اندر دبے ہوئے کاغذ کے پرزے کو دیکھ کر نکلی تھی اس نے جھپٹا مار کر اس نوٹ کو وہاں سے اٹھالیا

اور جھونپڑے سے باہر نکل گیا۔

جھونپڑوں کو پھلانگتا ہوا، دلدل کو پار کرتا سڑک پر دوڑتا ہوا کھاکرے غصہ میں بھرا ہوا سوچنے لگا۔ مجھے کیا سمجھتی ہے؟ میں اتنا پنیچ، پتھر دل، جاہل اور ظالم ہوں کہ اپنی بیٹی کے دوا کے پیسوں کی شراب پی جاؤں گا؟ میں یہاں سے سیدھا ہری داس کیمسٹ کے اسٹور میں جاکر تانی کے لئے دوا لوں گا۔ جتنے کی بھی دوا آئے۔ دس کی آئے پانچ کی آئے دوا لے کر اور باقی پیسے مٹھی میں داب کر سیدھا واپس گھر پہنچوں گا۔ دوا اور باقی پیسے تلسی کے منہ پر مار دوں گا۔ یہ عورتیں سمجھتی ہی نہیں۔ مرد کیوں پیتے ہیں؟ ارے ہم کیا کوئی مزے کے لئے پیتے ہیں؟ دن بھر بلڈنگ میں اینٹ پتھر، گارا، چونا، سیمنٹ ڈھوتے ڈھوتے جب بدن کا پلستر اکھڑنے لگتا ہے تو دو گھونٹ پیتے ہیں۔ دن بھر کی مشقت سے ٹوٹ جانے والی ہڈیوں کو پھر سے جوڑنے کے لئے بند بند اور جوڑ جوڑ میں ابھرنے والی تھکن کو دور کرنے کی خاطر، صرف زندہ رہنے کی خاطر، صرف دو روپے روز کی خاطر۔

چند لمحوں کے لئے کھاکرے ڈھونڈو کے قمار خانے کے قریب سے گزرتا ہوا رک گیا۔ اس نے نگاہ اٹھا کر قمار خانے کے بوسیدہ دروازے کی طرف دیکھا۔ پھر اس نے آہستہ سے اپنی مٹھی کھولی۔ نوٹ کو دیکھا، مٹھی اور کھولی۔ اسے دونوں ہاتھوں میں لے کر نوٹ کی شکنوں کو صاف کیا۔ الٹ پلٹ کر غور سے دیکھا پھر مسکرا کر اپنی جیب میں ڈال کر آگے چلا..... نہیں..... کھاکرے نے اپنے آپ سے کہا۔ میں ڈھونڈو کے قمار خانے نہیں جاؤں گا۔ میں سیدھا ہری داس کیمسٹ کی دکان پر جاؤں گا اور ان دس روپوں سے اپنی بیٹی کے لئے دوا خریدوں گا۔ تلسی کتنی حیران رہ جائے گی۔ مجھے دوا لاتے دیکھ کر۔ تلسی مجھے سمجھتی نہیں ہے۔ آخر میں بھی انسان ہوں، ایک باپ ہوں۔ دل رکھتا ہوں۔ مجھے بھی اپنی بیٹی سے پیار ہے۔ مجبور ہو کے پیتا ہوں

کوئی خوشی سے نہیں پیتا ہوں۔ مگر آج میں تلسی کو دکھا دوں گا۔ سمجھتی کیا ہے مجھے؟ چھنال۔ کس کس طرح ناخنوں سے منہ نوچا ہے اس نے میرا۔ دوا لے کر جاؤں تو سالی سے سمجھ لوں، ایسی گڑاکے کی ماروں گا کہ دس دن بستر سے نہ ہل سکے گی۔

تلسی کو پیٹنے کے لذیذ خیال سے متاثر ہو کر وہ کئی قدم ڈھونڈو کے قمار خانے سے آگے چلا گیا۔ پھر یکایک ٹھٹک کر رُک گیا۔ آخر دو گھونٹ پی لینے میں کیا حرج ہے؟ دو بازی کھیل لینے میں کتنے پیسے خرچ ہو جائیں گے؟ پانچ روپے کی دوا لوں گا پانچ روپے قمار خانے میں خرچ کر دوں گا۔ اور تلسی کو کیا پتہ چلے گا کہ دس روپے کی دوا لایا یا پانچ کی؟ عورتیں تو بیوقوف ہوتی ہیں اسے کیا پتہ چلے گا۔۔۔۔ اور۔۔۔ تانی؟۔

تانی بچ جائے گی۔ کیا ہے اسے؟ بس بخار ہی تو ہے۔ پچھلے سال اسے ہیضہ ہوا تھا تو وہ بچ گئی تھی۔ اس سے پچھلے سال اسے نمونیا ہوا تھا تو وہ بچ گئی تھی۔ اس سے دو برس پہلے اسے چیچک نکل آئی تھی تو وہ بچ گئی تھی۔ گرمیوں کے بچے اتنی آسانی سے نہیں مرا کرتے۔ اور لا دہنہ تانی ضرور بچ جائے گی۔۔۔۔ مگر نہیں۔۔۔۔ مجھے فوراً دوا لے کر واپس جانا چاہیئے۔ وہ جلدی جلدی چلنے لگا۔ پھر رک گیا۔ پھر آہستہ آہستہ سر جھکا کر دھیرے دھیرے چلنے لگا۔ اچھا پانچ نہیں خرچ کروں گا صرف دو روپے کی شراب پی لوں گا۔ اور ایک روپے کا جوا کھیلوں گا۔ پانچ بھی نہیں صرف تین روپے خرچ کر دوں گا۔ بہت ہو گیا تو اوپر سے تھبلا مار کے ایک بیڑی بنڈل۔ یکایک اس کی سوکھی زبان پر شراب کا تلخ ذائقہ اُبھرنے لگا۔ اس کے نتھنوں میں بیڑی کا دھواں چکر کھانے لگا۔ اس کے ہاتھوں کی انگلیاں تاش کو چھونے کے لئے بیتاب ہونے لگیں۔ اب وہ یوں چل رہا تھا جیسے وہ اپنے تھکے ہوئے پیروں میں لوہے کی وزنی بیڑیاں گھسیٹتے ہوئے چل رہا ہو۔ یکایک وہ چلتے ہوئے رک گیا۔ بالکل بے بس ہو کر ڈھونڈو کے قمار خانے کے دروازے کی

جانب دیکھنے لگا۔

کندورا در جما اس کے دو ساتھی اور دوست آپس میں ہنستے بولتے. جاتے قمار خانے میں داخل ہو رہے تھے۔ دروازہ کھول کر وہ دونوں داخل ہو گئے تھے۔ اس کی نظروں سے اوجھل ہو گئے. قمار خانے کے اندر کی نشا اب کھاکرے کی آنکھوں کے آگے تصویریں کھینچنے لگی۔ وہ دونوں ایک میز پر بیٹھ کر شراب کی بوتل کا آرڈر کر رہے تھے۔ بوتل اس کے سامنے آگئی تھی اور پھر تاش کے پتے فضا میں ایک رنگین دھنک کی طرح بکھرنے لگے کھاکرے کے لئے اس کے آگے سوچنا ناقابل برداشت ہو گیا۔ وہ تیز تیز قدموں سے چلتا ہوا قمار خانے کی طرف بڑھنے لگا۔ مگر اندر جانے سے قبل ہی گویا وہ قمار خانے میں داخل ہو چکا تھا۔ اس کی آنکھوں میں قمار خانے کی مانوس فضا تھی۔ دوستوں کے قہقہے اور تیل میں بھنی ہوئی مچھلی کی اشتہا انگیز بو اور تاش کے پھسلتے ہوئے چکتے ہوئے نرم گرم پتے۔ یہ دنیا باہر کی دنیا سے کتنی مختلف تھی۔ جہاں ہر لحظہ جان لیوا محنت کرنی پڑتی ہے۔ پھر کتنی ہی محنت کرو ملتے دو روپے ہی ہیں۔ صرف دو روپے روز۔

رات کے بڑھتے ہوئے اندھیروں میں تلسی نے اسے قمار خانے میں جا کر پکڑا۔ جب وہ کھاکرے کی کرسی کے پیچھے جا کھڑی ہوئی تو یکایک قمار خانے میں سناٹا چھا گیا۔ وہ اس قدر چپ تھی، اس قدر ٹھنڈی اور مطمئن تھی اور اس قدر پتھر صورت ہے کر آئی تھی کہ اسے دیکھتے ہی چاروں طرف خاموشی چھا گئی کھاکرے کے دوستوں نے پتے پھینکنا بند کر دیا۔

"چلو!" کھاکرے نے شراب کے نشے میں پھنکار کر کندرو سے کہا۔ مگر کندرو نے پتہ نہیں چلا۔ وہ کھاکرے کے عین پیچھے دیکھ رہا تھا۔ کھاکرے کرسی پر بیٹھے بیٹھے پیچھے مڑا تو اسے تلسی نظر آئی۔

"کیوں آئی ہے؟ گھر جاؤ!" کھاکرے نے غصے میں دونوں ہاتھ جھلاتے ہوئے کہا۔ ہاتھ جھلاتے ہی نشے میں اس کا توازن بگڑ گیا۔ اور وہ کرسی کے نیچے گر پڑا۔ کسی نے اسے اٹھانے کی

کوشش نہیں کی۔ تلسی نے وہیں کھڑے کھڑے گرے ہوئے کھاکرے سے مخاطب ہو کے کہا۔

"گھر چلو! تائی مر گئی ہے۔"

کھاکرے کا گرا ہوا سر فرش سے اوپر اٹھا۔ وہ پھٹی پھٹی وحشت زدہ آنکھوں سے گھور کر تلسی کی طرف دیکھنے لگا۔ "کیا کہتی ہے تو؟"

یہی کہہ رہی ہوں۔ تائی مر گئی ہے۔ اٹھو گھر چلو۔

کھاکرے نے اٹھنے کی کوشش کی۔ اس کے دونوں ہاتھوں نے کرسی کے ایک پائے کو جکڑ لیا تھا۔ وہ کرسی کے پائے کے سہارے اٹھنے کی کوشش کر رہا تھا۔ یکایک اس نے کرسی کے پائے کو دونوں ہاتھوں سے جکڑ کر اپنے سینے سے لگا لیا اور روتے ہوئے کہنے لگا۔

"نہیں تو جھوٹ بولتی ہے۔ تائی مر نہیں سکتی۔ میری تائی مر نہیں سکتی۔"

جما اور رکندر دا اپنی کرسیوں سے اٹھ کر اسے اٹھانے لگے۔ اب وہ فرش پر کھڑا لڑکھڑا رہا تھا۔ تلسی نے آگے بڑھ کر اسے سہارا دیا اور اس کے جسم کو تھما کر اسے قمار خانے سے باہر دروازے کی طرف لے جانے لگی۔ قمار خانے کا مالک ڈھونڈو آگے بڑھا اور بولا

"ساڑھے بارہ روپے دیئے جاؤ!"

پھر اس نے جواب کا انتظار کئے بغیر کھاکرے کی جیب ٹٹولی اور دس روپے کا نوٹ نکال لیا اور اسے اچھی طرح پہچان کر بولا۔

"یہ دس روپے ہیں باقی ڈھائی روپے تم پر قرض رہا۔"

تلسی کوئی جواب دیئے بغیر روتے ہوئے کھاکرے کو قمار خانے سے باہر لے گئی۔ ڈھونڈو دیر تک دروازے میں کھڑا رہا نوٹ کو اپنے ہاتھ میں لئے۔ کھاکرے ایک بچے کی طرح سر جھکائے سسکیاں بھرتا ہوا تلسی کے ساتھ اپنے گھر کو جا رہا تھا۔

جب ڈھونڈ داس قمار خانے میں آیا تو سب اس کی طرف خاموش نگاہوں سے دیکھ رہے تھے۔ یکایک ڈھونڈو غصّے سے بھر کر بولا۔

"تو کیا کروں؟ کس کس پر ترس کھاؤں؟ یہاں سب غریب ہیں۔" وہ غصّے سے چاروں طرف دیکھنے لگا۔ پھر بھی جب کوئی نہیں بولا تو وہ آپ ہی آپ بول پڑا....."میری مصیبت کوئی نہیں جانتا۔ کیسے کیسے جتن کر کے یہ بھرّا لاتا ہوں۔ میں ترس نہیں کھا سکتا!"

اتنا کہہ کر ڈھونڈو نے دراز کھول کر نوٹ کو گلّے میں ڈال دیا۔ اتنے میں ایک لڑکا ہاتھ میں تھیلا لے کر آیا اور کاؤنٹر پر جھک کر بڑی رازداری سے ڈھونڈو سے مخاطب ہوا۔ سیٹھ گوگل داس نے اسکاچ وہسکی کی ایک بوتل مانگی ہے۔

"ایک سو اسّی روپے ہوں گے۔" ڈھونڈو نے اس کے کان میں کہا۔

لڑکے نے سو سو کے دو نوٹ ڈھونڈو کے سامنے رکھے۔ ڈھونڈو نے جلدی سے ان پر ہاتھ رکھ دیا۔ لڑکے کو اشارہ کر کے کاؤنٹر کے پیچھے اندر کے کمرے میں لے گیا۔ بلیک ڈاگ کی ایک بوتل نکال کر لڑکے کو دی۔ لڑکے نے تھیلے میں چھپا لی۔ واپس آکر ڈھونڈو نے کاؤنٹر کی دراز کھول کر اسی نوٹ کو نکالا۔ ایک اور نوٹ دس کا نکالا۔ بیس کے دو نوٹ لے کر لڑکا تھیلا اٹھا کر باہر چلا گیا۔

دوسرے دن سیٹھ گوگل داس کوئی گیارہ بجے کے قریب بستر سے اٹھا۔ رات (Hong over) دور کرنے کے لیے اس نے ہاتھ نیچے کر کے پلنگ کے نیچے رکھی ہوئی بلیک ڈاگ کی بچی کھچی وہسکی ایک گلاس میں انڈیلی۔ سگریٹ کے پیکٹ کی طرف ہاتھ بڑھایا۔ پیکٹ خالی۔ اس نے پلنگ سے لگے ہوئے بجلی کے بٹن کو دبایا۔ کل رات والا نوکر ایک اخبار لے کر اندر آیا۔ سیٹھ نے اپنا بٹوہ کھولا جہاں مائی کی دوا والا نوٹ دوسرے نوٹوں کے ساتھ پڑا ہوا سوتا تھا۔ سیٹھ نے

اسے ہاتھ لگایا۔ پانچ کے نوٹ کو ہاتھ لگایا۔ پھر دو روپے کا ایک نوٹ نکال کر نوکر کو دیتے ہوئے بولا: ایک پیکٹ سلور فلیک کا لاؤ۔

لڑکا دو روپے کا نوٹ لے کر چلا گیا۔ بٹوہ سیٹھ کی گود میں کھلا پڑا تھا۔ سیٹھ نے وہسکی کا ایک گھونٹ پیتے ہوئے اخبار کھولا۔ پہلے صفحے پر ہی سیٹھ گوگل داس کی تصویر تھی۔ کیونکہ اس نے کل رات ہی ایک لاکھ روپے کا چندہ ایک ہسپتال کی تعمیر کے لئے دیا تھا۔ تائی کے مرنے کی کوئی خبر نہ تھی۔

دانی

دانی لمبا اور بدصورت تھا۔ اُس کی ٹانگوں اور بانہوں پر بال کثرت سے تھے۔ اور بے حد کھُردرے تھے۔ صبح سویرے چارک روڈ کے ہائیڈرنیٹ پر نہاتے ہوئے دُور سے دیکھنے والوں کو بالکل بھینس کا ایک بچہ معلوم ہوتا تھا۔ اُس کے جسم میں واقعی ایک بیل کی سی طاقت تھی۔ اُس کا سر بڑا۔ ماتھا چوڑا اور کھوپڑی بڑی مضبوط تھی۔ دن بھر وہ چارک روڈ کے ناکے پر ایرانی ریستوران میں بڑی مستعدی سے کام کرتا۔ اور رات کو شراب پی کر ایک مینڈھے کی طرح سر نیچا کر کے ہر کس و ناکس سے کہتا "آؤ میرے سر سے ٹکر مارو"۔ مگر یار لوگ ہنس کر ٹال دے جاتے تھے۔ کیونکہ دانی کا سر ہی نہیں اُس کا جسم بھی بے حد مضبوط تھا۔ دو تین بار متھوگاین اور ڈوراگی کے چند کسرتی نوجوانوں نے اُس کا چیلنج منظور کرتے ہوئے اُسے ٹکر پر گھیرا تھا۔ اور نتیجے میں اپنے سر پھُڑوا کر گئے تھے۔ پھر کسی میں ہمت نہ ہوئی کہ دانی کے سر سے ٹکر لے سکے۔

علاوہ آس پاس کے نوجوانوں کا بھی مجمع رہتا ہے۔ کیونکہ یہ بس سٹاپ مُسافروں کے ویٹنگ روم ہی نہیں۔ عاشقوں کے ملاقات گھر بھی ہیں۔ پانچ بجے ڈی سٹاپ پر مل جانا۔ روزی گرجا سے نکلتے ہوئے دزدیدہ نگاہوں سے اپنے عاشق وکٹر کو دیکھتی ہوئی آہستہ سے کہتی ہے اور پھر اپنی خوفناک اماں کے ساتھ گھبراکر آگے بڑھ جاتی ہے۔ اور پھر وکٹر یا جیمس یا چارلس دھڑکتے ہوئے دل سے اور بے چین نگاہوں سے کبھی گھڑی دیکھتا ہوا۔ کبھی اپنی پیٹی کستا ہوا۔ روزی کا انتظار کرتا ہے۔ ساڑھے چار بجے ہی سے۔ اور دیکھتا ہے کہ جوزف اپنی ڈیزی کو لے کر گیا۔ اور ٹام اپنی ازابیل کو لے کر بھاگا اور شیلا فوجا سنگھ کے ساتھ چلی گئی۔ اس سالی شیلا کو کوئی عیسائی پسند ہی نہیں آتا۔ بلڈی شِٹ! اور یہ لارا بھی گئی۔ اُس یہودی چھوکرے کے ساتھ۔ جس کا جانے کیا نام ہے۔ لیکن جو ہر روز پانچ بجے اپنی موٹر سائیکل یہیں کھڑی کرتا ہے۔ اب ساڑھے پانچ ہوگئے۔ اب پونے چھ ہوگئے۔ اب اگر روزی نہیں آئی۔ تو وہ لوگ گن آف نوامان نہیں دیکھ سکتے۔ اور اُس کے دونوں ٹکٹ بے کار ہو جائیں گے۔ اب وہ اکیلا گن آف نواران دیکھ کر کیا کرے گا۔ سن آف اگین۔ چھ بج گئے۔ روزی نہیں آئی۔ وہ نہیں آئے گی۔ شاید وہ فرانسس کے ساتھ چلی گئی۔ جس کے ساتھ اس کی ماں۔ اس کی شادی کرنا چاہتی ہے۔ بلڈی سوائین۔ وہ فرانسس کو گولی مار دے گا۔ روزی کو بھی گولی مار دے گا۔ اور اس کی منحوس ماں کو جو ہر وقت سائے کی طرح روزی کے ساتھ لگی رہتی ہے۔ وہ برگانزا فیملی کے ہر فرد کو گولی سے مار دے گا۔ اور پھر خود بھی گولی مار کر مر جائے گا۔ یکایک وکٹر نے دور سے روزی کو ہلکے لیمن رنگ کے نائیلون فراک میں پھولوں کی ایک شاخ کی طرح جھولتے دیکھا۔ اور اُس کے دل سے گولی مارنے کا خیال اک دم نکل گیا۔ اور اُس کا چہرہ مسرت سے کھل اُٹھا اور وہ بے اختیار روزی کی طرف بھاگا۔ اور بھاگتے بھاگتے ایک دوڑتی ہوئی لاری کے نیچے آنے سے بال بال بچ گیا۔ روزی کے

منہ سے خوف کی ایک چیخ نکلی۔ گمر دوسرے لمحے میں وکٹر کا ہاتھ اُس کی کمر میں تھا۔ اور وہ اُسے دوڑاتے ہوئے لاریوں، گاڑیوں ٹیکسیوں کی بھیڑ سے نکالتے ہوئے ڈی بس کے سٹاپ پر لے گیا۔ بس چل چکی تھی۔ گمر دونوں نے دوڑ کر اُسے پکڑ لیا۔ پہلے وکٹر نے پکڑا۔ پھر اس نے ہاتھ سے زور کا جھٹکا دے کر روزی کو اوپر کھینچ لیا۔ چند لمحوں کے لئے روزی کا بیمن رنگ فراک کا گول گھیرا تماشائیوں کی نگاہوں میں گھوما۔ پھر وہ دونوں پھولی ہوئی سانسوں میں ہنستے ہوئے ایک دوسرے کو بازو سے پکڑے ہوئے ڈی بس کی اوپر کی منزل میں چلے گئے۔ جہاں سے آسمان نظر آتا ہے اور ہوا تازہ ہوتی ہے اور نیچے سڑک پر۔ مرد عورتیں بچے سنگیت کے سُروں کی طرح بکھرتے ہوئے دکھائی دیتے ہیں۔ کون کہتا ہے محبت کرنے کے لئے پہلگام نینی تال یا دار جلنگ جانا ضروری ہے۔ محبت کرنے والے تو کسی بس سٹاپ پر کھڑے ہو کر بھی اپنی جان پر کھیل کر محبت کر جاتے ہیں۔

گمر دانی کو عورتوں سے بھی دلچسپی نہ تھی۔ اس لئے جس رات اُس نے ثریا کو غنڈوں کے ہاتھوں سے بچایا۔ اُس کے دل میں ثریا سے یا کسی عورت سے بھی محبت کرنے کا کوئی خیال تک پیدا نہ ہوا تھا۔ پیچھے مڑ کر دُور دُور تک جب وہ نظر ڈالتا تو اُسے اپنی زندگی میں کوئی عورت دکھائی نہ دیتی۔ بہت دُور بچپن میں اُسے ایک زرد رُو مایوس چہرہ دکھائی دیا تھا۔ جس نے اُسے ایک جھونپڑے سے باہر نکال کر اس کے چچا کے حوالے کر دیا تھا۔ اس سے زیادہ اُس کے دل میں اپنی ماں کی کوئی یاد نہ تھی۔ پھر اُس کے ذہن میں ایک خوفناک چچی کی صورت تھی۔ جو متواتر چار برس تک اُسے پیٹتی رہی تھی۔ ذرا بڑا ہونے پر وہ فوراً ہی اپنی چچی کے گھر سے بھاگ کھڑا ہوا تھا۔ اور جب سے وہ آزاد تھا۔ گمر ہمیشہ وہ اپنی بھوک کے ہاتھوں عاجز رہا۔ اُسے بہت بھوک لگتی تھی۔ اس وجہ سے اس کی ماں نے اُسے اس کے چچا کے

حوالے کر دیا تھا۔ کیونکہ وہ فاقوں سے اپنے بیٹے کا پیٹ نہیں بھر سکتی تھی۔ اور آج دانی کہہ سکتا تھا کہ اُس کی چچی بھی کوئی نامہربان عورت نہ تھی ہرگز کوئی ظالم عورت نہ تھی۔ مگر اس کے اپنے پانچ بچے تھے۔ اور دانی کی بھوک اپنی وسیع اور عریض۔ جیّد اور مضبوط۔ بلند اور دیوزاد تھی کہ چچی نے اُس کے بار بار کھانا مانگنے پر مجبور ہو کر اُسے پیٹنا شروع کر دیا تھا۔ وہ دانی کو نہیں پیٹتی تھی۔ وہ اُس کی بھوک کو پیٹتی تھی۔ اور آج بھی کتنی ہی بیویاں اور شوہر مائیں اور بیٹے اور بہوئیں اور نندیں اور بھاوجیں اور چچیرے بھائی اور خلیرے بھائی۔ اور دوست اور یار اور دل کے پیارے اور جگر کے ٹکڑے ہیں جو اس بھوک کی خاطر ایک دوسرے کو پیٹتے ہیں۔ دھوکا دیتے ہیں۔ بے وفائی کرتے ہیں۔ جان لیتے ہیں۔ پھانسی پر چڑھ جاتے ہیں۔ مگر کوئی اُس ظالم دیوزاد خوفناک بھوک کو پھانسی نہیں دیتا۔ جس کے منحوس وجود سے اُس دنیا میں کوئی انسانی رشتہ اور کوئی تہذیب قائم نہیں ہے۔

دانی یہاں تک تو نہ سوچ سکتا تھا۔ وہ جب بھی سوچنے کی کوشش کرتا تھا۔ اُس کے ذہن میں ایک بہت بڑی خوفناک بھوک کا خیال آتا تھا۔ جس کی وجہ سے اُس کی ماں نے تنگ آ کے اُسے اُس کے چچا کے حوالے کر دیا۔ جس کی وجہ سے اُس کی چچی اُسے دن رات چار سال تک مارتی پیٹتی رہی۔ اور جس کی وجہ سے وہ آگے جا کر اپنی زندگی میں بار بار مختلف ہاتوں سے پٹا اور مختلف گھروں سے نکالا گیا۔ اس لیے اُس کے ذہن میں عورت کی محبت۔ باپ کی شفقت۔ دوست کی رفاقت۔ کسی کا کوئی احساس نہ تھا۔ ایک مسلسل تشنہ ترسی ہوئی نا آسودہ بھوک کا احساس تھا۔ جو بچپن سے جوانی تک اُس کے ساتھ چلا آیا تھا۔ چونکہ اس کا بدن دوسروں سے دُگنا لمبا اور بڑا تھا۔ اس لئے وہ دوسروں کے مقابلے میں دُگنی خوراک کا طالب تھا۔ دانی کو زندگی بھر ایک ہی ارمان رہا۔ کوئی اسے پیٹ بھر کر کھانا دے

دے اور پھر چاہے اُس سے چوبیس گھنٹے مشقت کرائے۔ مگر دانی کا یہ خواب چارک روڈ کے ایرانی رستوران ہی میں آکے پورا ہوا۔ ایرانی رستوران کا مالک اُس سے چار آدمیوں کے برابر مشقت کراتا تھا۔ مگر پیٹ بھر کے کھانا دیتا تھا اور بیس روپے تنخواہ دیتا تھا۔ جس سے مٹر اچھیا تھا۔ اور پیٹ بھر کے کھانا کھاکے اور مٹر آپی کے وہ فٹ پاتھ پر سو جاتا تھا۔ اور اُسے دولت اور سیاست اور شہرت اور عورت وغیرہ کسی چیز کی پرواہ نہ تھی۔ اب وہ دُنیا کا خوش قسمت ترین زندہ انسان تھا۔

جس رات ثریا کو اس نے غنڈوں کے ہاتوں سے بچایا تو اس کو بھی اُس کے دولت علی اکبر نے اُسے بہت منع کیا تھا۔ تین چار غنڈے مل کے ثریا کو ایک ٹیکسی میں بھگانے کی کوشش کر رہے تھے۔ جو چرچ کے آہنی جنگلے سے باہر فٹ پاتھ کے کنارے کھڑی تھی۔ چوک کا سپاہی ایسے موقعے پر کہیں گشت لگانے چلا گیا تھا۔ جیسا کہ ایسے موقعے پر اکثر ہوتا ہے۔ ثریا خوف اور دہشت سے چلا رہی تھی۔ اور مدد کے لئے پکار رہی تھی۔ اور علی اکبر نے دانی کو بہت سمجھایا تھا۔ یہ بمبئی ہے۔ ایسے موقعوں پر یہاں کوئی کسی کی مدد نہیں کرتا۔ ایسے موقعے پر سب لوگ کان لپیٹ کے سو جاتے ہیں۔ تم بھی سو جاؤ۔ حماقت مت کرو۔ مگر دانی اپنے کانوں میں انگلیاں دینے کے باوجود ثریا کی چیخوں کی تاب نہ لا سکا۔ اور اپنی جگہ سے اُٹھ کر ٹیکسی کی جانب بھاگا۔ غنڈوں کے قریب جاکے اُس نے اُن سے کوئی بات چیت نہیں کی۔ اُس نے سر نیچا کرکے ایک غنڈے کے سر میں ٹکر ماری۔ پھر دوسرے کے۔ پھر پلٹ کر تیسرے کے۔ اگلے چند لمحوں میں تینوں غنڈے فرش پر پڑے تھے۔ اور ان کے سر پھٹ گئے تھے۔ پھر پلٹ کر دانی نے جو چوتھے غنڈے کیطرف دیکھا تو وہ جلدی سے ثریا کو فٹ پاتھ پر چھوڑ کر ٹیکسی کے اندر کود گیا۔ اور ٹیکسی والا گاڑی سٹارٹ کرکے۔ یہ جا وہ جا دانی مینڈھے کی طرح سر نیچا کرکے ٹیکسی کے پیچھے بھاگا۔ مگر موٹر کا پہیہ بہت

تیز رفتار ہوتے ہیں۔ اس لیے دانی مایوس ہو کر پلٹ آیا۔ اور واپس آ کر ثریا سے پوچھنے لگا۔

"یہ لوگ کون تھے ؟"

"ایک تو میرا بھائی تھا۔" ثریا نے سسکتے سسکتے کہا۔

"تمہارا بھائی تھا !" دانی نے پوچھا۔

"ہاں۔" ثریا نے سر ہلا کر کہا۔ "وہ مجھے ان غنڈوں کے ہاتھ فروخت کر رہا تھا۔"

"کتنے روپیوں میں !"

"تین سو روپیوں میں۔" ثریا نے جواب دیا۔

"پھر؟"

"پھر میں نہیں مانی۔"

"تم کیوں نہیں مانیں ؟"

"میں چھ سو مانگتی تھی۔"

"تم چھ سو مانگتی تھیں ؟" دانی نے حیرت سے پوچھا۔ "وہ کیوں ؟"

"میرا بھائی تین سو روپے لے جاتا تو مجھے کیا ملتا۔ میں جو بک رہی تھی تو مجھے بھی کچھ ملنا چاہیئے تھا۔" ثریا نے دانی کو سمجھایا۔

دانی خفا ہو کے بولا۔ "واہ ! جو چیز بیچی جاتی ہے۔ اُسے کیا ملتا ہے ؟ ایسا دستور تو ہم نے زندگی میں کہیں نہیں دیکھا نہ سُنا۔ ہماری دوکان سے جو گاہک چار آنے کا کھارا بسکٹ خریدتا ہے۔ اُسے چار آنے کے عوض کھارا بسکٹ ملتا ہے۔ دوکاندار کو چار آنہ ملتا ہے۔ مگر کھارا بسکٹ کو کیا ملتا ہے ؟ ایں !"

میں کھارا بسکٹ نہیں ہوں ! ثریا غصّے سے بولی۔

دانی نے سر سے پاؤں تک ثریا کو دیکھا۔ جوان۔ تیز اور تیکھی اور نکیلی اور سانولی۔ بولا
"مگر بالکل کھارا بسکٹ کی طرح لگتی ہو۔"

ثریا مسکرائی، کچھ شرمائی۔ اگر وہ ساڑھی پہنے ہوئے ہوتی تو ضرور اس وقت اُس کا پلّو اپنے سینے پر لے لیتی کہ ایسے موقعوں پر عورتوں کی ایک یہ پیٹینٹ ادا ہوتی ہے۔ مگر اس بے چاری نے تو سیاہ بلاؤز پہن رکھا تھا۔ اس لئے اُس نے صرف گردن جھکانے پر اکتفا کی۔

دانی پلٹ کر فٹ پاتھ پر اپنی جگہ پر آ گیا۔ اور بولا "اچھا اب جاؤ۔ کہیں دفعہ ہو جاؤ۔"

ثریا اس کے پیچھے پیچھے آتے ہوئے بولی۔ "مجھے بھوک لگتی ہے۔"

ایرانی کا رستوراں تو بند ہو چکا تھا۔ اس لئے دانی اُس کے لئے ڈور اگلی کے ایک چائے خانے سے۔ چائے پاؤ اور آملیٹ اُدھار پر لایا۔ اور جس طرح سے ثریا نے اُسے کھایا۔ اُس سے معلوم ہوتا تھا کہ اُس کی بھوک میں بھی دانی کا سٹائل جھلکتا ہے۔ دو لقموں میں وہ چار سلائس کھا گئی۔ ایک لقمے میں آملیٹ۔ پھر اُس نے ایک ہی گھونٹ میں ساری چائے اپنے حلق سے نیچے اُتار دی۔ دانی اُس کی اس حرکت پر بے حد خوش ہوا۔ یکایک اُسے ایسا محسوس ہوا۔ جیسے اُسے ایک جگری دوست مل گیا۔ بولا

"تمہیں بہت بھوک لگتی ہے؟"

"بہت۔"

"تمہارا نام کیا ہے؟" دانی نے اب پہلی بار اُس سے اُس کا نام پوچھا۔

"ثریا یعنی سونا! ثریا جھجکتے جھجکتے بولی۔

"میں دانی ہوں۔" دانی اپنے سینے پر اُنگلی رکھتے ہوئے بولا "یعنی ڈینیل!"

پھر وہ دونوں حیرت سے ایک دوسرے کو دیکھنے لگے اور یکایک پہلی بار اُنہیں آسان

بہت صاف دکھائی دیا۔ اور دور سمندر سے نغنے کی صدا آنے لگی۔ اور میٹھی گداز رات گل مہر کے پھول پہنے ان کے ترسے ہوئے جسموں کے قریب سے گزرتی گئی۔

روز رات کو فٹ پاتھ پر دانی اور ثریا کا جھگڑا ہوتا تھا۔ کیونکہ دانی نے ثریا کو ایرانی رستوران کے کچن میں نوکر کرا دیا تھا۔ پہلے تو اس نے کئی دن تک ثریا کو فٹ پاتھ سے بھگانے کی کوشش کی۔ وہ بینڈے کی طرح سر جھکا کے جب ثریا کی جانب رخ کرتا تو ثریا وہاں سے بھاگ جاتی۔ اور دانی کے سو جانے کے بعد واپس اسی فٹ پاتھ پر چلی آتی اور ہولے ہولے اس کے پاؤں دابنے لگتی اور جب صبح سویرے دانی اٹھتا تو اسے اپنا بدن بہت ہلکا اور عمدہ اور مضبوط معلوم ہوتا۔ اور وہ دیکھتا کسی نے اس کی بنیان دھو دی ہے۔ اور قمیض اور پتلون بھی تو پہلی بار اسے زندگی میں ایسا معلوم ہوا جیسے وہ اپنے گھر میں آگیا ہو۔ پہلی بار اس نے ثریا کی انگلیوں کو ایک عجیب انوکھے انداز میں دیکھا۔ وہ دیر تک اس کے ہات پر اپنا ہات پھیرتا رہا۔ پھر راتوں کو اسے فٹ پاتھ پر اپنا بستر اور تکیہ لگا ہوا ملنے لگا اور وہ جگہ بھی صاف ستھری اور مسلسل جھاڑ پونچھ سے چمکتی ہوئی محسوس ہونے لگی۔ جہاں وہ ہر روز سوتا تھا۔ اور وہ ثریا کے وجود کا عادی ہوتا گیا۔ مگر اب بھی ہر روز کھانے کے وقت رات کو فٹ پاتھ پر دونوں کی لڑائی ہوتی تھی۔ کیونکہ ثریا بھی بہت کھاتی تھی اور دانی بھی۔ دونوں رات کا کھانا رستوراں سے لاتے تھے اور مل کر کھاتے تھے اور دونوں کی کوشش یہ ہوتی تھی۔ کہ کون کس سے زیادہ کھاتا ہے۔ اکثر اوقات دانی کامیاب رہتا تھا۔ لیکن جس دن ثریا زیادہ کھانے میں کامیاب ہو جاتی تھی۔ اس نے وہ دانی کے ہاتھوں ضرور پٹتی تھی۔

ایک دن ثریا نے دانی سے کہا۔

"اب تم مجھے مت پیٹا کرو۔"

"کیوں؟"

"کیونکہ اب میرے بچہ ہونے والا ہے۔" ثریا نے اُسے سمجھایا۔

دانی نے یکایک کھاتے کھاتے ہاتھ کھینچ لیا۔ وہ حیرت سے ثریا کو سر سے پاؤں تک دیکھنے لگا۔ پھر بولا۔

"بچہ؟"

"ہاں!" ثریا خوش ہو کر بولی۔

"وہ بھی کھائے گا؟" دانی کی آواز میں خوشی کے ساتھ ساتھ خفیف سی مایوسی بھی تھی۔

"ہاں وہ بھی کھائے گا۔" ثریا نے اُسے سمجھایا۔ "پہلے تو میں ایک تھی۔ اب دو ہوں۔ ایک میں۔ ایک میرا بچہ۔ تمہارا بچہ۔ پیٹ میں۔ اب ہم دو ہیں۔ ہم دونوں کو زیادہ روٹی ملنی چاہیے۔

دانی نے اپنے سامنے فرش پر پڑے ہوئے کاغذ کے ٹکڑے پر کھانے کو دیکھا۔ پھر اُس نے ثریا کو دیکھا۔ پھر اُس نے اپنا منہ بڑی سختی سے بند کیا۔ اور دونوں جبڑوں کو ہلا کر اس طرح جنبش کی۔ جیسے وہ مایوسی کا ایک بہت بڑا لقمہ نگلنے جا رہا ہو۔ پھر اُس نے آہستہ سے کاغذ کا ٹکڑا ثریا کی جانب بڑھا کر کہا۔

"لو کھاؤ۔"

"نہیں تم بھی کھاؤ۔ تم نے تو کچھ کھایا ہی نہیں۔ ثریا نے کہا۔

"نہیں پہلے تم کھا لو۔ بعد میں جو بچے گا۔ وہ میں کھا لوں گا۔" دانی نے اک عجیب ملائمت سے کہا۔

پہلے دن تو ثریا سب چٹ کر گئی۔ اس زور کی بھوک لگی تھی اُسے۔ دوسرے دن اُس نے کچھ تھوڑا سا چھوڑا دانی کے لئے پھر بھی وہ آہستہ آہستہ دانی کے لئے زیادہ کھانا چھوڑنے

لگی۔ پھر بھی جو باقی بچتا تھا وہ دانی کے لئے اس قدر کم ہوتا تھا کہ اس کی آدھی بھوک تشنہ ہی رہ جاتی تھی۔ لیکن اب اُس نے خالی پیٹ یا آدھے پیٹ رات کو بھوکے سو جانا سیکھ لیا تھا۔ پرانی عادت کو واپس بلانا اس قدر مشکل نہیں ہوتا۔ جس قدر نئی عادت کو پالنا۔ ہوتے ہوتے اُس نے شراب پینا چھوڑ دیا۔ کیونکہ بچے کو خوراک چاہیئے اور کپڑے بھی اور ثریا نے ابھی سے اپنے بچے کے کپڑے سینے شروع کر دیئے تھے۔ چھوٹے سے منّے سے گڈے کے کپڑے۔ رنگدار اور ملائم اور ریشمی جن پر ہاتھ پھیرنے سے دانی کے جسم اور روح میں مسرت اور شادمانی کی پھریریاں سی گھومنے لگتی تھیں "ہمیں زیادہ سے بچانا چاہیئے" کئی دنوں کی سوچ بچار کے بعد دانی اسی نتیجے پر پہنچا۔

رات کے بارہ بجے تھے اور اب وہ دونوں فٹ پاتھ پر ایک دوسرے کے قریب بیٹھے تھے۔ اور سرگوشیوں میں باتیں کر رہے تھے۔

"مجھے اپنے بچپن اور لڑکپن میں کوئی دن ایسا یاد نہیں آتا۔ جس دن میں بھوکا نہیں رہا" دانی بولا۔

"میں کوئی رات ایسی یاد نہیں کر سکتی۔ جب میں کھانا چرانے کے الزام میں نہ پٹی ہوں" ثریا بولی۔

"مگر ہمارا بچہ بھوکا نہیں رہے گا" دانی نے فیصلہ کن لہجے میں کہا۔

"اس کے پاس سب کچھ ہو گا" ثریا نے پُر امید لہجے میں کہا۔

"پیٹ بھرنے کے لیئے روٹی۔ تن ڈھکنے کے لیے کپڑا" دانی خوابناک لہجے میں بولا۔

"اور رہنے کے لیئے!" ثریا بولی۔

"گھر؟" دانی نے چونک کر پوچھا۔

"کیا اپنے بچے کو گھر نہ دو گے؟" ثریا نے شکایت کے لہجے میں پوچھا "کیا وہ اِسی فٹ پاتھ رہے گا؟"

"مگر گھر کیسے مل سکتا ہے؟" دانی نے پوچھا۔

"میں نے سب معلوم کر لیا ہے۔" ثریا نے سمجھایا "چرچ کے پیچھے نُور امینشن بن رہی ہے۔ اس میں پانچ کمرے والے فلیٹ ہوں گے اور چار کمرے والے۔ اور تین کمرے والے اور دو کمرے والے اور دس فلیٹ ایک کمرے والے بھی ہوں گے جن کا کرایہ سترہ روپے ہوگا اور پگڑی سات سو روپے۔"

"مگر سات سو روپے ہم کہاں سے دیں گے؟" دانی نے پوچھا۔

"اب تم کو سیٹھ تیس روپے دیتا ہے۔ مجھ کو پچیس روپے دیتا ہے۔ اگر ہم ہر مہینہ پچاس روپے نُور امینشن کے مالک کو دیں تو چودہ مہینے میں ایک کمرے کا فلیٹ ہم کو مل سکتا ہے۔"

بہت دیر تک دانی سوچتا رہا۔ ثریا کا ہات دانی کے ہات میں تھا۔ یکایک دانی کو ایسا معلوم ہوا جیسے ایک ہات میں ایک ننھے بچے کا ہات بھی آ گیا ہے۔ اُس کا دل عجیب طریقے سے پگھلنے لگا۔ گھلنے لگا۔ اُس کی آنکھوں میں خود بخود آنسو آ گئے۔ اور اُس نے اپنی بھیگی ہوئی آنکھیں ثریا کے ہات کی پُشت پر رکھ دیں۔ اور رندھے ہوئے گلے سے بولا۔

"ہاں۔ میرے بچے کا گھر ہوگا۔ ضرور ہوگا۔ میں سوچتا ہوں ثریا۔ میں تین گھنٹے کے لئے ڈوراگلی کے چائے خانے میں رات کے گیارہ بجے سے دو بجے تک کام کروں۔ جب تو اپنا رستوران بھی بند ہو جاتا ہے۔ گیارہ بجے۔ پھر گیارہ بجے سے دو بجے تک چائے خانے میں کام کرنے میں کیا حرج ہے۔ وہ خانے کا سیٹھ دس روپے پگار دینے کو بولتا تھا۔ مگر میرے خیال میں وہ بارہ پندرہ روپے تک دے دے گا۔"

"جب تو ہم جلدی گھر لے سکیں گے۔" ثریا نے خوش ہو کر کہا۔

"اور اگر ایرانی سیٹھ اُدھار روپے دے تو شاید اپنے گھر پر ہی بچہ پیدا ہوگا۔" دانی کا چہرہ خوش آئند امید کی روشنی چمکنے لگا۔ یکایک اُس نے ثریا کا ہاتھ زور سے دبا کر کہا "آؤ دعا کریں۔"

وہ دونوں اُٹھ کر گرجا کے آہنی جنگلے کو پکڑ کر دو زانو ہو گئے۔ جالی دار آہنی سلاخوں کے درمیان گرجا کے وسیع صحن کے وسط میں یسوع مسیح کا بُت صلیب پر آویزاں تھا۔ اور ایک طرف نیلے پتھروں کے گراٹو میں مریم نے مقدس بچے کو گود میں اُٹھا رکھا تھا۔ اور گراٹو میں مومی شمعیں روشن تھیں۔ اور گُل مہر کی نازک پتیاں ہوا کے جھونکوں سے ٹوٹ ٹوٹ کر چاروں طرف گِر رہی تھیں اور مقدس مریم کی گود میں ایک چھوٹا سا بچہ تھا۔ جیسا بچہ ہر ماں کے تصوّر میں ہوتا ہے۔ اور یہ رات مریم کے لبادے کی طرح مہربان تھی۔ اور کسی نیند میں ڈوبے ہوئے یسوع کے خواب کی طرح معصوم......

دعا پڑھ کر دانی نے ثریا سے پوچھا۔

"یہ پادری آج بار بار اپنے وعظ میں آزادی۔ روٹی اور کلچر کی بات کر رہا تھا۔ آزادی اور روٹی تو خیر سمجھ میں آتی ہیں۔ مگر یہ کلچر کیا ہے؟"

"میرے خیال میں کوئی میٹھا کیک ہوگا۔" ثریا سوچ سوچ کے بولی۔

اور وہ دنیا میں امن کی بات بھی کرتا تھا! — دانی بولا "مگر ہمیشہ تو میرے پیٹ میں ایسی جنگ ہوتی ہے کہ سمجھ میں نہیں آتا۔ یہ پیٹ کی جنگ کیسے بند ہوگی۔ اور خدا کیسی بھیانک جنگ ہوتی ہے۔ میرے پیٹ میں...."

"میں جانتی ہوں۔ میری ماں بھی جانتی تھی۔ میری بہنیں بھی۔ میرے بھائی بھی اور ہم سب کا باپ بھی۔" ثریا تاسف انگیز لہجے میں بولی "اور میرے باپ کا باپ بھی.... بے چارہ بڈھا

"......کوئی رشتہ ہم سے اس قدر قریب نہیں رہا۔ جس قدر بھوک کا۔"

"خدا کرے ہمارا بیٹا بھوکا نہ رہے۔"

پیٹ میں امن، اور دُنیا میں امن۔ جیسا کہ وہ پادری کہتا تھا۔ آمین!

ایک دن ثُریا جس غیر متوقع طریقے سے آئی تھی۔ اُسی طرح سے وہاں سے چلی گئی۔ خبر سنتے ہی وانی بھاگا بھاگا مات کے ڈیڑھ بجے ڈوراگی کے چائے خانے سے اپنے فٹ پاتھ پر آیا تو اس نے دیکھا کہ لوگوں کا ایک اژدہام ہے اور پولیس کے بہت سے سپاہی سڑک پر اور فٹ پاتھ کے آس پاس کھڑے ہیں۔ اور ایک ٹرک فٹ پاتھ پر چڑھا ہوا ہے۔ اور اُس کا انجن گرجا کے آہنی جنگلے کو موڑتا ہوا گل مہر کے پیڑ سے ٹکرا گیا ہے۔ پچھلے پہیوں پر ثُریا اور ملی اکبر کی لاشیں رکھی ہیں۔ کیونکہ یہی دو لوگ فٹ پاتھ پر سوئے ہوئے ٹرک کی زد میں آ گئے تھے۔ اگر وانی بھی سویا ہوتا۔ تو اس وقت اس کی لاش بھی یہیں پڑی ہوتی۔ کبھی کبھی رات کی تاریکی میں تیزی سے گزرتے ہوئے یا ایک دوسرے سے ریس کرتے ہوئے ٹرک فٹ پاتھ پر چڑھ جاتے ہیں۔ بڑے شہروں میں اکثر ایسا ہوتا رہتا ہے۔

وانی ایک احمق کی طرح خون میں لت پت ثُریا کی لاش پر جھکا رہا۔ پھر وہ پھٹی پھٹی نگاہوں سے مجمع کی طرف دیکھنے لگا۔ اور کانپتے ہوئے لہجے میں کہنے لگا۔

"مگر ابھی تو وہ زندہ تھی۔

دو گھنٹے پہلے اُس نے اور میں نے اپنی جگہ پر کھانا کھایا تھا۔

وہ بالکل زندہ اور تندرست تھی۔

اُس کی عمر صرف سترہ سال تھی۔

اس کے پیٹ میں میرا بچہ تھا۔
چھ مہینے کا بچہ۔
میرا بچہ.......

"کس نے مارا انہیں؟" یکایک دانی دونوں ہاتوں کی مٹھیاں کستے ہوئے زور سے چیخا۔

ایک تماشائی نے ٹرک کی طرف اشارہ کیا۔ فوراً پولیس کے دو سنتریوں نے دانی کو پکڑا مگر دانی نے گھونسے مار کر دونوں سنتریوں سے اپنے آپ کو آزاد کرا لیا۔ اس عرصے میں دونوں سنتری اس سے کش مکش کرتے ہوئے اسے ٹرک سے دور گھسیٹ کرلے گئے تھے۔ دانی اُن سے آزاد ہو کر ٹرک کی طرف لپکا۔ اُس کی آنکھیں سُرخ ہو گئیں۔ بدن جُھک گیا۔ اور پھر ایک مینڈھے کی طرح تن گیا۔ اُس کے ہونٹوں سے جانور نما ایک بھینچی ہوئی سی غراہٹ نکلی۔ وہ اپنے سر کو ایک خوفناک طریقے سے آگے بڑھائے اور جھکائے تیزی سے ٹرک پر حملہ آور ہو گیا.....

پورے چھ ماہ وہ ہسپتال میں رہا۔ کیونکہ اس کا سر کھُل گیا تھا۔ وہ بچ تو گیا تھا مگر اُس کے دماغ کا ایک حصّہ تقریباً ناکارہ ہو چکا تھا۔ اور اب اس کا سر ایک پنڈولم کی طرح ہولے ہولے آپ ہی آپ ہلتا تھا۔ اور اس کا وحشی مینڈھے کی طرح پلا ہوا مضبوط جسم سوکھے ہوئے بانس کی طرح دُبلا ہو گیا تھا۔ اور اُسے سب کچھ یاد تھا۔ اور بہت کچھ یاد بھی نہیں تھا۔ اور اب وہ کوئی کام نہیں کر سکتا تھا۔ کیونکہ اگر گاہک اُس سے چائے مانگتا تو وہ اس کے سامنے پانی لا کر رکھ دیتا۔ اور اگر کوئی آملیٹ مانگتا تو وہ اُس کے سامنے ماچس کی ڈبیا رکھ دیتا۔ اس لیے ایرانی ریستوران کے مالک نے مجبور ہو کر اُسے ملازمت سے الگ کر دیا تھا۔ مگر وہ ابھی تک فٹ پاتھ پر اُس جگہ سوتا تھا جہاں ثریا سوتی تھی۔ اور اس نے اپنے بچے کے کپڑے گرجا کے آہنی جنگلے کے کونے میں چھپا کر رکھ دیئے تھے اور رات کے سناٹے میں وہ اکثر انہیں نکال

کر بجلی کے کھمبے کے نیچے بیٹھ کر لکا کرتا تھا۔ اور فٹ پاتھ پر حجامت کرنے والا راموناؤ اکثر اس سے پوچھتا۔

"یہ کس کے کپڑے ہیں؟"

"میرے بچے کے ہیں۔"

"تیرا بچہ کہاں ہے!" تھا گوئین کے چائے خانے کا قاسم اُس سے پوچھتا۔

"وہ میری ثریا کے پاس ہے۔"

"تیری ثریا کہاں ہے؟"

"وہ میکے گئی ہے۔"

"وہاں سے کب لوٹے گی؟" گوپی جیب کترا اُس سے پوچھتا۔

"جب میرا گھر بن جائے گا۔" دانی انتہائی معصومیت سے جواب دیتا۔

یہ جواب سُن کر مذاق کرنے والے کے چہرے فق ہو جاتے اور وہ وہیں بیٹھے بیٹھے خلاؤں میں تکنے لگتے۔ جیسے دُور سے کسی ٹرک کو اپنی طرف آتے ہوئے دیکھ رہے ہوں۔ اور ہل نہ سکتے ہوں۔ فٹ پاتھ پر رہنے والے۔ اپنی مجبوری سمجھتے ہیں۔ وہ جانتے ہیں کہ فٹ پاتھ سے اپنا بستر تو تہہ کر سکتے ہیں۔ لیکن فٹ پاتھ کو تہہ نہیں کر سکتے۔ ابھی تک کوئی ایسا طریقہ ایجاد نہیں ہوا ہے۔ اس لئے انہیں دانی کے گھر کا تخیل ایک بہت بڑا مذاق معلوم ہوا۔

دوسرے دن دانی بڑے انہماک سے اپنا گھر بنانے میں مصروف نظر آتا۔ کہیں سے وہ تین اینٹیں اُٹھا لایا تھا۔ اور اب وہ ایک اینٹ پر دوسری اینٹ رکھ کر اُس پر تیسری اینٹ لگانے میں مصروف تھا کہ قاسم نے اس سے پوچھا۔

"دانی! یہ کتنا بڑا گھر ہوگا؟"

دانی کی آنکھیں خوشی سے چمکنے لگیں۔

"یہ ایک بہت بڑا گھر ہو گا" وہ بولا "اور میں نے فیصلہ کیا ہے کہ میں اسے چارک روڈ کے عین بیچ میں تعمیر کروں گا۔ اس کے دس مالے ہوں گے۔ ہر مالے میں بتیس فلیٹ ہوں گے۔ ہر فلیٹ میں تین کمرے ہوں گے۔"

"تین کمرے کس کے لئے؟" گوپی جیب کترے نے پوچھا۔

"ایک میاں کے لئے۔ ایک بیوی کے لئے۔ ایک بچے کے لئے۔"

"مجھے بھی اس گھر میں جگہ دو گے؟" رامو حجام نے پوچھا۔ میری بیوی، میرے دو بچے ہیں۔ اور وہ تینوں میرے گاؤں میں ہیں۔ کیونکہ یہاں میرے پاس کوئی گھر نہیں ہے اور میری ماں بوڑھی ہے" گوپی بولا "اور میرے پاس کوئی کام نہیں ہے۔ سوائے جیب کاٹنے کے۔ اور میں تین دفعہ جیل کاٹ چکا ہوں۔ اور مجھے تم اپنے گھر کا چوکیدار رکھ لینا۔ اور رہنے کے لئے صرف ایک کمرہ دے دینا۔"

"یہ ایک بہت بڑا گھر ہوگا" دانی انتہائی خلوص سے بولا۔ اور شدت جذبات سے اس کی چمکتی ہوئی آنکھیں باہر نکلی پڑتی تھیں۔ "اور اس میں تم سب کے لئے جگہ ہوگی۔ قاسم کے لئے اور رامو کے لئے اور گوپی کے لئے اور دھیرج کے لئے اور دانست کے لئے اور پاٹل کے لئے اور رنگا چاری کے لئے اور تھاگوین اور ڈورا گی کے فٹ پاتھ سونے والوں کے لئے بھی جگہ ہوگی۔ میرا خیال ہے۔ میں اسے بیس مالے کا بناؤں گا۔ ہر مالے میں تیس فلیٹ ہوں گے۔ ہر فلیٹ میں چار کمرے ہوں گے۔ ہر کمرے کے ساتھ باتھ روم ہو گا۔ فلش اور شاور.....

"موزیک کا فرش" قاسم بولا....."

"اور کھڑکیاں سمندر کی طرف کھلتی ہوئیں۔" گوپی نے تتمہ دیا۔
یکایک ایک لمحے کے لئے ان سب نے باور کرلیا۔ یقین کرلیا۔ ایک لمحے کے لئے انہوں نے چارک روڈ کے چوک پر اُس بڑے گھر کو تعمیر ہوتے ہوتے۔ بلند ہوتے ہوتے۔ آسمان سے باتیں کرتے ہوئے دیکھ لیا۔ دوسرے لمحے میں ایک بہت بڑا ٹرک گھوں گھوں کرتا ہوا ان کے قریب سے گزر گیا اور وہ سہم کر چپ ہو گئے۔

اُس کے بعد کئی ماہ تک دانی وہ گھر بناتا رہا۔ اینٹیں تو اس کے پاس وہی تین تھیں۔ مگر گھر کا نقشہ ہر روز بدلتا تھا۔ وہ اب پچاس منزل کا ایک محل تھا۔ جس میں صرف فٹ پاتھ پر رہنے والے داخل ہو سکتے تھے۔ اس محل میں زندگی کی ہر سہولت اور آسائش مہیا تھی۔ بجلی کی لفٹ۔ اور ٹیلیفون۔ ایک چھوٹا سا سینما اور نرسری سکول۔ اور چھت پر خوبصورت پھول والا گارڈن۔ دیوار گیر روشنیاں اور مدھم مدھم رنگوں والے غالیچے اور خوبصورت تتلیوں کی طرح آہستہ خرام عورتیں اور بچے۔ اور دھیمے دھیمے بجتے ہوئے ارغنون اور مہذب مرد مسکراتے ہوئے سگریٹ پیتے ہوئے ایک دوسرے سے جام ٹکراتے ہوئے اور ان کے کپڑے بھی عمدہ اور خوشبودار اور جیبیں سکوں سے بھری ہوئی اور وہ سب کچھ جو غریب لوگ سینما میں دیکھتے ہیں اور امیر اپنے گھر پر رکھتے ہیں۔ وہ سب کچھ اس گھر میں موجود تھا۔ بلکہ اس سے بھی زیادہ بلند۔ خوبصورت۔ درخشاں۔ عالیشان۔ وہ گھر اتنا ہی خوبصورت تھا۔ جتنا کسی بے گھر کا تخیل ہو سکتا ہے۔

اور پھر جب کئی ماہ کی کاوش کے بعد وہ گھر مکمل ہو گیا تو رات کے گیارہ بجے سے ایک بجے تک دانی ٹین کا ایک ڈبہ بیٹتے ہوئے چارک روڈ کے دونوں فٹ پاتھ اور تھوگالین کے فٹ پاتھ اور ڈوراگی بلکہ کراس بازار اور چارک پارک کے فٹ پاتھیوں کو اس نئے گھر

میں آنے کی دعوت دیتا پھرا۔ ظاہر ہے اس کے پاس وہی تین اینٹیں تھیں۔ مگر اب اس نے اُن تین اینٹوں کو چارک چوک کے ٹریفک آئی لینڈ کے اندر رکھ دیا تھا۔ اور اس طرح اپنا محل تعمیر کر لیا تھا اور اب وہ سارے فٹ پاتھیوں کو اپنے بیوی بچوں سمیت گھر میں آنے کی دعوت دے رہا تھا۔

ڈورانگی کے پاٹل نے روک کر کہا "لیکن میرے تو سات بچے ہیں۔ اور ہم سب کے سب اُس کھلے فٹ پاتھ پر بڑے آرام سے سوتے ہیں۔ تمہارے تین کمروں والے فلیٹ سے ہمارا کیا ہوگا۔"

"میں تمہیں سات کمروں والا فلیٹ دوں گا۔" دانی نے ٹین پیٹتے ہوئے چلا کر کہا۔

"کب آئیں ہم لوگ؟" پاٹل کی بیوی نے اپنی مسکراہٹ کو ساڑھی کے پلو میں چھپا کر اُس سے پوچھا۔ اُس کی ہنسی رُکی نہیں پڑتی تھی۔

"کل صبح جب ثریا بچے کوے کریکے سے آ جائے گی۔ میں اپنے گھر کے دروازے سب لوگوں کے لیے کھول دوں گا۔ دروازے پر بینڈ ہوگا۔ رنگا رنگ جھنڈیاں ہوں گی اور بندھن واریں اور میں پادری کو گھر کے مہورت کے لئے بلاؤں گا اور وہ بائیبل سنائے گا۔ اور گرجا کے گھنٹے بجیں گے اور اُس وقت تم سب لوگ میرے گھر میں داخل ہوگے۔"

دانی کی کانپتی ہوئی آواز میں انتہائی خلوص تھا۔ اُس کا دُبلا چہرہ زرد رُو اور بخار زدہ دکھائی دیتا تھا۔ اُس کی آنکھیں سُرخ اور بے چین تھیں۔ اور متواتر چلانے سے اُس کے ہونٹوں پر کف آ چلا تھا۔ اور اُس کے سُوکھے سُوکھے بالوں کی لٹوں میں فٹ پاتھ کی خاک چمک رہی تھی۔

دوسرے دن دانی ٹلوگراٹو کے باہر مقدس مریم کے قدموں میں مُردہ پایا گیا۔ اُس کی

آنکھیں کھلی تھیں اور نیلے آسمان میں کسی نامکمل سپنے کو تک رہی تھیں۔ اُس کے کپڑے پھٹے چیتھڑے اور تار تار تھے۔ اور اس کے سینے پر وہی تین اینٹیں رکھی تھیں۔ اور اُس نے مقدس مریم کے قدموں کے فرش پر اپنا سر بار بار مار کر توڑ دیا تھا۔

....

....

گرجا کھول دو۔

اور گھنٹے بجاؤ۔

دیکھو یسوع مسیح جا رہا ہے۔

اپنے سینے پر اینٹوں کی صلیب لئے ہوئے۔

اب جنت کے دروازے غریبوں کے لئے کھُل گئے ہیں۔

کیونکہ ایک اونٹ سوئی کے ناکے سے نہیں گزر سکتا۔ لیکن ایک امیر قانون کے ہر ناکے سے گزر سکتا ہے۔

اور اب اس دھرتی کے مالک غریب ہوں گے۔

اور غریبوں کے مالک امیر ہوں گے۔

دیکھو وہ یسوع مسیح جا رہا ہے۔

آؤ اُسے سنگسار کریں۔

دس روپے کا نوٹ

میں آٹھ نومبر ۱۹۴۶ء میں ناسک شہر میں پیدا ہوا۔ لیکن مجھے وہاں رہنے کا بہت کم موقع ملا ہے۔ میں ایک آوارہ گرد سیلانی ہوں۔ گاؤں گاؤں، شہر شہر گھومتا ہوں اور سدا چکر میں رہتا ہوں۔

جہاں جاتا ہوں لوگ مجھے ہاتھوں ہاتھ لیتے ہیں اور مسکراتے ہوئے چہروں سے میرا استقبال کرتے ہیں اس دنیا میں میرا کوئی دشمن نہیں ہے سب دوست ہیں۔ سب مجھے دل سے چاہتے ہیں میں نے اپنی چھوٹی سی زندگی میں بہت کچھ دیکھا ہے۔ سیکھا ہے۔ کھویا ہے۔ لیکن اپنی زندگی کے اَن گنت تجربوں کے باوجود ایک بات میں بے کھٹکے کہہ سکتا ہوں کہ اپنی چھوٹی سی زندگی میں میں نے جو شہرت اور مقبولیت حاصل کر لی ہے وہ بہت کم لوگوں کے حصے میں آئی ہے آج تک کسی بڑے سے بڑے سیاسی لیڈر یا فلم اسٹار کو بھی وہ شہرت

اور مقبولیت نہیں ملی جو مجھے مل چکی ہے۔ بچہ بچہ مجھے جانتا ہے، پہچانتا ہے اور مجھ سے محبت کرتا ہے۔

میں روپے کا نوٹ ہوں۔

کئی ماہ تک میں مشہور فلم اسٹار شہزادی کے ڈرائنگ روم میں لکڑ بابا کی تصویر کے فریم کے گرد نوٹوں کے ہار میں ٹنگا رہا۔ شہزادی لکڑ بابا کو بہت مانتی تھی اور اس نے دس دس کے نوٹوں کو لے کر پانچ سو روپے کا ہار لکڑ بابا کی تصویر کے گرد لٹکا دیا تھا شہزادی کا سب سے چھوٹا بھائی (جو دراصل اس کا بھائی نہیں بیٹا تھا) گھر کا لاڈلا تھا۔ گھر کے لوگ اسے پیار سے منا کہتے تھے۔

یوں تو منا کو اس کی ماں اور شہزادی دونوں پاکٹ منی دیتے تھے مگر منا لاڈلے بچوں کی طرح بہت شاہ خرچ تھا اب اس نے اپنی ماں بہن کے علاوہ لکڑ بابا سے بھی روپیہ نکالنے کا طریقہ ایجاد کر لیا تھا وہ بہت ذہین بچہ تھا اور جب اس کی فضول خرچی کو روکنے کے لئے یا اسے سزا دینے کے لئے امی اور شہزادی اس کی پاکٹ منی روک دیتے یا پاکٹ منی جلد ختم ہو جاتی اور منا کو مزید رقم کی ضرورت پڑتی تو وہ سب کی نظر بچا کر ایک کرسی پر اسٹول رکھ کر کسی نہ کسی طرح لکڑ بابا کی تصویر تک پہنچ جاتا اور ہاتھ جوڑ کر کہتا۔

"لکڑ بابا بھیل پوری کھانے کو جی چاہ رہا ہے اگر برا نہ مانو تو تمہارے ہار میں سے ایک روپیہ لے لوں؟"

"لے لوں!"

بس ایک روپیہ لوں گا۔ صرف ایک، اور پھر کبھی نہیں لوں گا۔"

اس پر منا کو ایسا محسوس ہوتا جیسے لکڑ بابا تصویر میں سے جھانک کر اس کی طرف دیکھ

کر مسکرا رہے ہیں اور اسے ہار میں سے ایک روپیہ نکالنے کی اجازت دے دی ہے اس پر خاموش ہو کر ٹکڑ بابا کی تصویر کو چوم لیتا ہے اور ہار میں سے ایک روپیہ نکال کر چلا جاتا ۔

مدتوں یہی عمل جاری رہا۔ کبھی بھیل پوری کے لیے۔ کبھی بارہ مصالحے کے لئے۔ کبھی آئس کریم کے لئے۔ کبھی غباروں کے لئے۔ کھلونوں کے لئے۔ دوستوں کو قرض دینے کے لئے .... ایک روپے کے نوٹ ہار میں سے نکلتے رہے۔

شروع شروع میں تو پتہ نہیں چلا۔ پھر ہوتے ہوتے ہار خالی ہونا شروع ہوا۔ بیچ بیچ میں سے گنجا ہونے لگا۔ ایسا لگا جیسے ہار پر پت جھڑ کا موسم آ چلا ہے ایک دن منا صاحب عین اس عالم میں پکڑے گئے جب وہ کرسی پر تپائی رکھ کر نوٹوں کے ہار میں سے مجھے نکال رہے تھے ۔ شہزادی کو اس سے پہلے تو گھر کے نوکروں پر شبہ تھا لیکن جب ایک نوکر شہزادی کو جلدی سے بلا کر لایا اور انہیں منا صاحب کو دکھایا تو شہزادی نے منا کو کرسی سے نیچے گھسیٹ کر دو ہاتھ لگائے نوٹ اس کے ہاتھ سے چھین کر اپنے پرس میں ڈال لیا۔ بلکہ سارا ہار ہی نوچ کر اس نے اپنے پرس میں ڈال لیا۔

اس پر منا شہزادی کی گود میں لیٹا لیٹا ٹانگیں ہلا ہلا کر مچلنے لگا۔ زور زور سے چیخنے چلانے لگا تو شہزادی نے اسے اور مارا۔ اور مارا اتنا مارا کہ امی دوڑتی دوڑتی ڈرائنگ روم میں گھس آئیں اور بچے کو اس کی گود سے چھین کر غضب ناک آواز میں بولیں ۔

ارے .... ارے .... ارے یہ کیا کرتی ہو؟ اپنی ہی کوکھ کے جائے پر اتنا ظلم ڈھاتی ہو۔ صرف دس روپوں کے لئے اپنے ہی بچے پر؟ "تمہیں شرم نہیں آتی ؟"

کہنے کو تو امی جان نے غصے میں اتنا کہہ دیا۔ مگر کہتے کہتے انہوں نے اپنی غلطی محسوس کر کے دانتوں کے تلے انگلی داب لی۔ شہزادی نے بھی منہ پر انگلی رکھ کر جلدی سے اِدھر اُدھر

دیکھا۔ اتفاق سے اس وقت ڈرائنگ روم میں ماں بیٹی اور بچے کے علاوہ اور کوئی موجود نہ تھا شہزادی کی جان میں جان آئی۔ ماں شرمندہ ہو کے چپ تھیں۔ منا ان کی چھاتی میں دبکا ہوا منہ چھپائے ہوئے تھا سارے کمرے میں سناٹا تھا۔

یکایک منا نے سر اٹھا کے شہزادی کی طرف دیکھا اور سسکتے سسکتے کہا۔

"ہم کو دس روپے دے دو امیں تو ہم سب سے کہہ دیں گے۔ ہم امی کے بیٹے نہیں ہیں، ہم شہزادی کے بیٹے ہیں۔"

اپنی ماں سے دس روپے لے کر منا اپنی نئی طاقت کے احساس سے سرشار اپنی نانی کی گود سے اترا اور باہر بازار میں آئس کریم کھانے چلا گیا۔ اگر یہ اس کی زندگی کا پہلا بلیک میل تھا تو کیا ہوا ابھی تو اس کی عمر صرف سات سال ہے۔

آئس کریم اینڈ ملک بار کی کاؤنٹر سے یہ فیروز اور خانم کے ساتھ کرایا گیا جو ملک بار سے آئس کریم کھا کر نکل رہے تھے دکان سے باہر نکل کے خانم کو یاد آیا کہ ان کے علاقے میں وناسپتی گھی بھی بلیک میں چلا گیا ہے اس لئے انہوں نے قریب کے بنئے کی دکان سے وناسپتی گھی کا ایک ڈبہ خریدا۔ بنئے کی دکان سے مجھے مسز ایڈل جی کے ہمراہ کر دیا گیا۔ جس نے بنئے سے بہت سا سامان خریدا تھا مسز ایڈل جی نے مجھے ایک بساطی کے حوالے کر دیا۔ جس کی دکان سے انہوں نے اپنے ڈرائنگ روم کے لئے نئے پردوں کا کپڑا خریدا تھا اسی بساطی کی دکان پر ابھی منظور کلرک اپنی بیوی بتول کے ہمراہ سیلز کاؤنٹر پر کھڑا اپنے گھر میں ہونے والی پہلی خوشی کے سلسلے میں کچھ ضروری کپڑے خرید رہا تھا بچے کے پوتڑوں، فراکوں اور ننھی ننھی رنگدار ٹوپیوں کے لئے کپڑا۔ ان کے ساتھ میں شربت والے کی دکان پر آیا کیونکہ بتول کو پیاس لگ رہی تھی۔ شربت والے نے مجھے ایک ادھیڑ عمر کے آدمی کے سپرد کیا۔ جس نے اس کی دکان سے یکے بعد دیگرے

شربت کے چار گلاس پیئے تھے اس ادھیڑ عمر کے آدمی نے دکان سے باہر نکل کر قریب کے دوا فروش سے سر درد کی گولیوں کا ایک پوراڈبہ خریدا۔ اس ادھیڑ عمر کے آدمی کی صورت دیکھ کر اندازہ ہوتا تھا کہ نہ صرف اسے سدا سر درد رہتا ہے بلکہ خود اس کی ذات دنیا کے لئے مستقل سر درد ہے۔ سر درد کی گولیاں خرید کے وہ ادھیڑ عمر کا آدمی ایک ٹیکسی پر سوار ہوا اور اپنی منزل پر پہنچ کر اس نے مجھے ٹیکسی والے کے حوالے کیا۔ ٹیکسی والے نے پٹرول پمپ والے کو دیا۔ پٹرول پمپ والے نے ایک ایسے جوڑے کو دیا۔ جنھوں نے پہلی بار موٹر خریدی تھی اور اس میں بیٹھ کر سینما جارہے تھے۔ سینما دیکھ کر میں ان کے ساتھ لوٹ رہا تھا کہ پھر ایک پٹرول پمپ پر پہنچا دیا گیا۔ جہاں سے میں غلام علی موٹر میکینک کی جیب میں پہنچا۔ غلام علی مجھے لے کر بازار کے شدد حمام والے کے یہاں چلا گیا۔ حمام والے نے مجھے ایک حجام کے سپرد کیا۔ حجام نے کبابیئے کے سپرد کیا۔ کبابیئے نے کرائے میں مجھے کیفے دلپسند کے مالک کے حوالے کیا جس کی دکان کے باہر ایک کونے میں وہ کباب کی دکان لگاتا تھا۔ کیفے دلپسند کے یہاں سے ماسٹر برگانزا ٹیلر کی جیب میں آیا۔ جس نے دوسرے دن مجھے سیٹھ منگھا رام کے حوالے کیا جس نے ماسٹر برگانزا کی دکان سے ایک سوٹ سلوایا تھا۔ سیٹھ منگھارام کی کلب میں۔ ایک بہت بڑی کیوریو شاپ تھی۔ وہاں جہاں بڑے بڑے امیر لوگ اور غیر ملکی سیاح نوادر خریدنے آتے تھے۔ منگھارام ایسی ایسی نادر چیزیں اپنی دکان میں جمع کرکے رکھتا ہے۔ ہانگ کانگ سے لے کر نیویارک تک اس کے مال کی کھپت تھی شہر کے باہر کئی علاقوں میں اس نے چھوٹی چھوٹی فیکٹریاں قائم کر رکھی تھیں جہاں نہایت رازداری سے پرانا مال تیار ہوتا تھا ایک فیکٹری میں ساتویں صدی کے بدھ کے بت بنائے جاتے تھے ایک فیکٹری میں دو صدی قبل از مسیح شیو جی کے بت بنانے کیلئے وقف تھی ایک فیکٹری میں صرف وہ سامان تیار ہوتا تھا جو موہن جو دارو اور ہڑپہ کی کھدائیوں

سے نکلا ایک فیکٹری صرف مغل عہد کے نوادرات مینوفیکچر کرتی تھی نور جہاں کا عطردان۔ بابر کی تلوار، جہانگیر کا خنجر، جودھا بائی کی پوجا کی تھالی، اکبر کی انگوٹھی، اورنگزیب کا اگالدان اور ممتاز محل کا پاندان، سب کچھ سیٹھ منگھارام کے یہاں ملتا تھا۔ ایک فیکٹری۔ پرانی کھائی ہوئی لکڑی کے تاریخی سامان تیار کرتی تھی یعنی اشوک کی خواب گاہ کا دروازہ، چندر گپت کے پلنگ کا پایہ۔ مہارانی پدمنی کے آئینے کا چوبی فریم۔ کالی داس کی چھڑی گرو وشوامتر کی کھڑاویں۔ ایک دفعہ تو منگھارام کا ایک سیلزمین ایک یوروپی سیاح کو چانکیہ رشی کی عینک تک بیچ دینے میں کامیاب ہوگیا تھا۔ بارہ سو روپے میں اور سیٹھ منگھارام نے اپنے ملازم کی کارکردگی پر خوش ہوکر سو روپے انعام دیا تھا۔

کل رات سیٹھ نے دکان کے گلے میں سے کچھ رقم ادھار لی تھی حساب پورا کرنے کے لئے اس نے اپنا بٹوہ کھولا اور رقم برابر کرکے اس نے مجھے بھی نوٹوں میں ڈال کر کل رقم ایک ملازم کے حوالے کرکے کہا کہ وہ اسے کل کے حساب میں جمع کرکے بینک میں رقم ڈال آئے۔

سیٹھ کے ملازم نے رقم لے کر احتیاط سے سب نوٹوں کو گنا۔ مجھے دیکھ کر ٹھٹھک گیا۔ کیونکہ متواتر استعمال سے اور پانچ سال ایک گندی ہانڈی میں رہ کر اتنا کثیف میلا اور خستہ ہو چکا تھا کہ ہر ایک کی نگاہوں میں چبھنے لگتا تھا۔

ملازم نے مجھے غور سے دیکھا یہ وہی ملازم تھا جو گرو چانکیہ کی عینک بیچ چکا تھا۔ دیکھنے میں اب اس قدر پرانا ہو چکا تھا کہ اگر مجھ پر یہ انگریزی حروف چھپے ہوئے نہ ہوتے تو وہی ملازم مجھے محمد تغلق کے زمانے کا نوٹ سمجھ کر بیچنے پر تیار ہو جاتا۔ اس پر بھی وہ مجھے دیر تک الٹ پلٹ کر دیکھتا رہا۔ اور میری سمجھ میں نہ آیا کہ مجھ میں ایسے کون سے سرخاب کے پَر لگے ہیں جس کی وجہ سے وہ مجھے اس قدر غور سے دیکھ رہا تھا دس کا نوٹ ہی تو ہوں۔

بالآخر وہ ملازم سیٹھ کے پاس پہنچا۔ سیٹھ کے سامنے میز پر رکھ کر بولا۔

"ذرا اس نوٹ کو غور سے دیکھئے۔"

سیٹھ نے مجھ پر سرسری سی ایک نگاہ ڈال کر کہا۔

"کیا دیکھوں ! دس کا نوٹ ہی ہے۔ کیا تمہیں سو کا دکھائی دیتا ہے؟" سیٹھ نے ملازم پر ایک طنز آمیز نگاہ ڈال کے کہا۔

"ذرا غور سے دیکھئے !" ملازم نے پھر اصرار کیا" انڈیا کی ڈی الٹی چھپ گئی ہے۔"

سیٹھ نے چونک کر دیکھا۔ واقعی میرے ماتھے پر جہاں RESERVE BANK OF INDIA لکھا تھا وہاں انڈیا کا لفظ یوں چھپا تھا... INᗡIA

"ارے واقعی D کی جگہ ᗡ ہے۔ یعنی الٹی ڈی۔"

اور ملازم نے مجھے بالکل سیٹھ کی آنکھوں کے نیچے سرکاتے ہوئے کہا۔ دیکھئے جہاں لکھا ہے I Promise to pay bearer on demand —— وہاں لفظ PROMISE کی E (ای) غائب ہے۔"

"واقعی !" سیٹھ نے غور سے مجھے پرکھتے ہوئے کہا" واقعی !" یہ تو..... یہ تو ایک نایاب نوٹ ہے۔" منگھارام کا دل خوشی سے دھڑکنے لگا اس کی ڈی الٹی ہے اور ای بالکل غائب ہے۔"

یکایک سیٹھ کے دل میں ایک خیال گزرا۔ اس نے ملازم کے منہ کی طرف دیکھتے ہوئے کہا۔

"کہیں جعلی تو نہیں ہے؟"

ملازم چپ رہا۔

کچھ سوچ کر سیٹھ بولا "تم اس نوٹ کو یہیں چھوڑ جاؤ۔ میں سب معلوم کرتا ہوں۔"
میری جگہ اس نے ملازم کو دس کا دوسرا نوٹ دے کر بینک بھیج دیا۔ وہ خود کرنسی آفس فون کر مجھے اپنی جیب میں ڈال کر چلا گیا۔ پانچ چھ دن میں سیٹھ منگھا رام کے پاس رہا۔ وہ روز مجھے بڑی احتیاط سے اپنی تجوری میں بند کر دیتا تھا سب پوچھ پاچھ کرنے کے بعد جب سیٹھ نے اپنا اطمینان کر لیا تو اس نے میرے لیے چاندی کا ایک فریم بنوایا اور اس میں جڑوا کر اس ملازم سے کہنے لگا۔

"میں نے سب معلوم کر لیا ہے یہ نوٹ بالکل اصلی ہے ناسک سے شائع ہوا ہے مگر ڈائی غلط ہو گئی اور غلط چھپ گیا اس کے سیریل نمبر کے دوسرے تمام نوٹ غلط چھپنے کی وجہ سے تلف کر دیئے گئے۔ مگر کسی کارکن کی غلطی کی وجہ سے یہ نوٹ کرنسی میں آگیا۔ اپنی طرز کا واحد نوٹ ہے یہ ہندوستان بھر میں بالکل نایاب ہے۔ میں اخباروں میں اس کا اشتہار دیتا ہوں اور اگلے ماہ کے نیلام میں اس کی قیمت لگانے کی کوشش کروں گا۔ اور اس کی جو کچھ قیمت حاصل ہوگی اس کا پانچ فیصد تمہیں دوں گا کیونکہ سب سے پہلے تم نے اس نوٹ کی نایاب خوبی کو پہچانا ہے۔"

ملازم نے جھک کر شکریہ ادا کیا اتنے میں سیٹھ کی نئی اسٹینو چند کاغذات ٹائپ کر کے حاضر ہوئی۔

سیٹھ منگھا رام پہلا خط پڑھتے ہی غصے سے بھڑک گیا "بچے کی اتنی غلطیاں OF COURSE کا PROMISED ؟ WE PROMISED TO PAY اس طرح لکھا جاتا ہے "ای" غائب ہے اور ڈالر کا "اے" ..... A کدھر گیا؟ کیا گھر سے ناشتہ کر کے نہیں آئی ہو؟ جو یہاں لفظوں کے حروف کھانے شروع کر دیتی ہو؟ ہماری فرم نیویارک تک بزنس

کرتی ہے۔ ایسی غلطیاں ہجے کی یہاں نہیں چلیں گی۔ اکاؤنٹنٹ سے اپنا حساب چکتا کرو اور جاؤ۔!"

سیٹھ نے کانپتی ہوئی نئی اسٹینو کے ہاتھ میں ٹائپ شدہ خط دستخط کئے بغیر واپس کرتے ہوئے کہا۔

اس دن نیلام میں بڑی بھیڑ تھی جس دن میری بولی لگائی گئی۔ دور دور سے نادر اشیاء کو خریدنے والے آئے تھے اور بڑی، حیرت کس قدر شبہ اور شوق سے مجھے دیکھتے رہے تھے مگر سیٹھ منگھارام نے شبہ کی کوئی گنجائش نہیں چھوڑی تھی دکتے ہوئے چاندی کے فریم میں سب کی نگاہوں کے سامنے میں موجود تھا چاندی کے فریم کے نیچے ناسک پرنٹری کا ایک سرکاری کاغذ ہوا میں ہولے ہولے ہل رہا تھا۔ جس پر صاف الفاظ میں لکھا تھا کہ میں کوئی جعلی نوٹ نہیں ہوں کوئی جعلی نوٹ نہیں ہوں اصلی نوٹ ہوں میری تاریخ اشاعت بھی درج تھی شبہے کا کوئی امکان نہ تھا۔

بولی شروع ہوئی۔

سیٹھ منگھارام نے چلّا کر کہا۔" دس کے نوٹ کی قیمت ایک ہزار روپے۔"

" دو ہزار روپے۔"

"تین ہزار روپے۔"

"تین ہزار پانسو۔"

"تین ہزار سات سو۔"

"تین ہزار سات سو، تین ہزار سات سو۔"

" ساڑھے چار ہزار۔"

"پانچ ہزار۔"

میرا سر چکرانے لگا۔ کیسی عجیب و غریب دنیا ہے کل تک میں محض دس کا نوٹ تھا آج میری قیمت پانچ ہزار روپے ہے مجھے وہ ہزاروں آنکھیں یاد آگئیں جنہوں نے اب تک مجھے دیکھا تھا اور میرے ماتھے پر لکھے ہوئے لفظوں پر بھروسہ کیا تھا۔

I PROMISE TO PAY THE BEARER ON DEMOND THE SUM OF RUPEES TEN AT ANY OFFICE OF ISSUE

"چھ ہزار روپے۔"

"سات ہزار روپے۔"

"سات ہزار آٹھ سو۔"

"سات ہزار آٹھ سو۔ سات ہزار آٹھ سو..... ایک!

"آٹھ ہزار۔ نو ہزار۔ دس ہزار۔"

دس ہزار!! میں حیرت سے چونک پڑا۔ کیا میری قیمت واقعی دس ہزار ہے؟ کل تک میں دس روپے کا نوٹ تھا۔ آج قیمت دس ہزار کیسے ہوگئی؟ وہی میں ہوں۔ وہی کاغذ ہے وہی ٹھپّہ ہے۔

"بارہ ہزار۔"

"بارہ ہزار...؟ بارہ ہزار میں ایک لڑکی کی شادی ہوسکتی ہے۔" مگر بولی بڑھتی گئی

"تیرہ ہزار۔"

"تیرہ ہزار چھ سو۔"

"تیرہ ہزار نو سو۔"

"چودہ ہزار۔"

"اٹھارہ ہزار۔" ـــــ ایک دبلا پتلا نوجوان کانچ کے بڑے بڑے محدب شیشوں والی عینک چڑھائے ہوئے بول اٹھا۔

"اٹھارہ ہزار؟ .... میں نے اس زرد رُو تقریباً کرم خوردہ نوجوان کی بوسیدہ صحت والے جسم کی طرف دیکھا اب میری قیمت اٹھارہ ہزار ہے۔ کل تک میں ونسپتی کا ایک ڈبہ بھی نہیں خرید سکتا تھا اور آج ایک موٹر خرید سکتا ہوں ..... اٹھارہ ہزار ....؟

"اٹھارہ ہزار ..... اٹھارہ ہزار .... سیٹھ منگھارام اس زرد رو نوجوان کی طرف دیکھ کر چلایا۔ وہ اسے پہچانتا تھا وہ زرد رو نوجوان ملک کے مشہور کروڑپتی سیٹھ چمن لال کا بیٹا تھا مگن لال کو نوادرات جمع کرنے کا بے حد شوق تھا اس نے اپنے عالی شان گھر میں ایک عجائب خانہ بنا رکھا تھا جس میں وہ دنیا بھر کے کیوریو لاکے جمع کرتا تھا۔ محدب شیشوں کے پیچھے اس کی ننھی سی آنکھیں گہرے تجسس۔ شوق اور اضطراب سے چمکتی ہوئی معلوم ہوتی تھیں وہ نوادرات کا دیوانہ تھا۔

اب سب لوگ پیچھے ہٹ گئے تھے مگن لال کا مقابلہ ایک امریکی سیاح سے تھا۔ چالیس ڈولٹس نیویارک میں سالسٹر تھا۔ ایک کامیاب وکیل۔

دنیا کے امیر ترین ملک کا شہری ـــ وہ پیچھے نہیں ہٹے گا......

"بیس ہزار!"

"بائیس ہزار!" مگن لال بولا۔

"پچیس ہزار!!" ڈولٹس نے ایک سگریٹ سلگاتے ہوئے بڑی لاپرواہی سے کہا

"ستائیس ہزار!!" مگن لال اپنی باریک آواز میں اتنی زور سے چلایا کہ مجمع میں ہر ایک

کے چہرے پر مسکراہٹ جھلک اٹھی۔

"تیس ہزار!!" ڈونٹل اپنی ٹھنڈی بھاری آواز میں بولا۔

"تیس ہزار؟ میرے ہوش وحواس جواب دینے لگے۔ آخر میں نے کیا کیا تھا؟ کون سا تیر مارا تھا؟ کون سی ایسی کڑی محنت کی تھی؟ کس کی بھلائی کے لئے دن رات ایک کر دیا تھا؟ جس کے انعام میں میری قیمت اس قدر بڑھا دی گئی تھی۔ مگر یہ تو ایک عجیب و غریب نامعقول ٹیڑھا سماج ہے یہاں ہر خوبی خامی ہے۔ یہاں اگر آپ سیدھے سچے اور کھرے ہیں، تو آپ کی قیمت دس روپے نوٹ سے زیادہ نہیں ہو سکتی۔ لیکن اگر آپ کی ڈی الٹی ہے اور ای غائب ہے تو آپ کی قیمت تیس ہزار بھی ہو سکتی ہے۔ نوٹ کے ہجے غلط ہوں تو وہ سب سے قیمتی ہے آدمی کے ہجے غلط ہوں تو دفتر سے باہر نکال دیا جاتا ہے۔ سیٹھ منگھا رام کی اسٹینو کی طرح......

"بتیس ہزار۔!" مگن لال غصے سے چلایا۔

چارلس ڈونٹل مسکرایا۔ اس کا مقابلہ ایک دیوانے سے تھا یکایک اس نیلام سے اس کی ساری دلچسپی غائب ہو گئی اور وہ پلٹ کر شوکے کسی پرانے بت کو دیکھنے لگا۔ چند منٹ تک سیٹھ منگھا رام اسے متوجہ کرنے کے لئے چلاتا رہا اور میری خوبیوں کو بڑھا چڑھا کے بیان کرتا رہا مگر اس امریکی سیاح کا دل مطلق نہ پسیجا۔ آخر اس نے مجھے بتیس ہزار روپے کے عوض مگن لال کے حوالے کر دیا۔

کانپور میں لوہے کی ایک بہت بڑی فونڈری تھی اور اب وہ گوالیار میں ریان کا ایک

بہت بڑا کارخانہ کھولنے میں مصروف تھا اسے ایک نئی بات کا غم تھا۔ اس کے بیٹے کے کوئی اولاد نہ تھی گمن لال ابھی تک لاولد تھا اور گمن لال چونی لال کا اکلوتا بیٹا تھا۔

گمن لال اولاد پیدا کرنے کے لئے تقریباً ناقابل تھا۔ تقریباً اس لئے کہ اس کے سارے جذبات مرد کے سے تھے۔ وہ عشق کی آگ اور اس کی حدت کو ایک مرد کی طرح محسوس کرتا تھا۔ مگر اس کا جسم اس کا ساتھ نہ دیتا تھا۔ وہ محسوس کرتا کہ تخلیق کا شعلہ سا اس کی روح میں لپک رہا ہے مگر اس کی روح اور اس کے شدید احساسات کے گرد جسم ایک، ٹھنڈے من اور برفیلے خول کی طرح اس کے گرد لپٹا ہوا ہے اور یہ برف جو کسی طرح پگھلتی نہیں ہے اس کے بھڑکتے ہوئے خوبصورت جذبات کو ناکام بنا دیتی اور وہ ایک زخم کھائے ہوئے جانور کی طرح اپنی روح کے شدید احساسات اور اپنے جسم کے پرہول سناٹے کی آویزش سے چیخ اٹھتا۔ ٹھنڈے جسم کے ساتھ اگر روح بھی ٹھنڈی ہو تو کوئی مسئلہ ہی پیدا نہیں ہوتا۔ لیکن فطرت نے اسے ایک شعلہ بجان روح دے کر اور اس کے گرد برف کا ایک دائرہ کھینچ کر اس سے شدید بے انصافی کی تھی کیونکہ گمن لال کی حسن پرستی انتہا کو پہنچ چکی تھی، خوبصورت عورت کو دیکھ کر اس کا ذہنی ردعمل وہی ہوتا تھا جو کسی مکمل مرد کا ہوتا ہے۔ وہ اس کے خطرناک خم، اس کی نگاہ کی آتش نوائی اور اس کے ہونٹوں کی بولتی ہوئی دعوت سے اسی قدر متاثر ہوتا تھا۔ جس قدر کوئی بھی صحت مند اور تندرست مرد متاثر ہو سکتا ہے۔ اپنے انتہائی و ہیجان جذبات کے سہارے ڈرتا ہوا جب وہ کسی عورت کے قریب چلا جاتا اور اسے چھونے کی کوشش کرتا تو نہ صرف اس عورت کو بلکہ خود اسے بھی معلوم ہو جاتا کہ یہ کسی مرد کی انگلیاں نہیں ہیں جو کسی عورت کو چھو رہی ہیں برف کی قلمیں ہیں جن کے لمس سے عورت کے بدن میں بیزاری اور نفرت کی لہریں دوڑ رہی ہیں اور

وہ کانپ کر پیچھے ہٹ جاتا۔ دیواروں سے ٹکریں مارتا۔ دو دفعہ اس نے خودکشی بھی کرنے کی کوشش کی تھی۔ مگر ناکام رہا۔

پے درپے ناکامیوں کے بعد اب اس نے اپنی روح کی شعلہ سامانی کو تحلیل کرنے کا ایک راستہ ڈھونڈھ لیا تھا اس نے اپنی شدید جنسی حس کو ایک شدید جمالیاتی حس میں ڈھالنے کی کوشش کی تھی۔ عورت کا جسم اس کا نہیں ہو سکتا تھا۔ مگر خوبصورت تصویریں تو اس کی ہو سکتی تھیں اور سنگِ مرمر کے پرانے بت جن پر وینس کا شبہ ہوتا تھا۔ کالسی کے نٹ راج کا منجمد خرام اور وہ شمعدان جو مغلوں کے حرم میں حسن و عشق کی لو کو تیز کرتے تھے ان اشیائ اور کیوریوز پر وہ دائمی قبضہ کر سکتا تھا اور ان اشیار کا حسن ایسا تھا جو اس کی ٹھنڈی انگلیوں کے لمس سے بیزار نہیں ہو سکتا تھا وہ ایک کروڑپتی کا بیٹا تھا اور اس کی جائیداد کا واحد وارث تھا۔ اب اگر وہ خوبصورت عورت کا حرم نہیں سجا سکتا تھا تو خوبصورت چیزوں کا ایک عجائب خانہ کھول سکتا تھا اور یہی اس نے کیا۔ اس نے اپنے محل نما گھر کا ایک وسیع حصہ ان حسین و جمیل نوادر کو رکھنے کے لیئے وقف کر دیا۔ جو وہ دنیا کے مختلف حصوں سے خرید کر جمع کرتا تھا ہوتے ہوتے اس کا یہ شوق بڑھتا گیا اور اب وہ ان نوادر کے خریدنے رکھنے سنبھالنے اور دوسروں کو دکھانے میں ایک لذتِ معکوس سی محسوس کرتا تھا اب بھی اس کی بیکراں روح کا کرب اپنی جگہ موجود تھا مگر اب گاہے گاہے ایسا محسوس ہونے لگا تھا جیسے کسی نے اس کے زخم پر پھاہا رکھ دیا ہو۔

مگر اس کا باپ ایک عملی آدمی تھا اتنا اس کے لیئے کافی نہیں تھا یہ کہ اس کے بیٹے کے مرنے کے بعد اس کی کروڑوں کی جائیداد دوسرے لوگوں میں بٹ جائے گی اس کا خیال ہی اس کے لئے سوہانِ روح تھا اس نے اپنے بیٹے کو ٹھیک کرنے کے لیئے

طرح طرح کے جتن کیے۔ طرح طرح کے علاج کیے۔ چار بار اسے یورپ لے گیا۔ جدید سے جدید طریقے آزماتے ہوئے اس نے لاکھوں پھونک ڈالے انہیں میں ایک طریقہ یہ بھی تھا کہ مگن لال کی شادی کسی حسین لڑکی سے کر دی جائے۔ مگن لال کے بار بار منع کرنے پر چونی لال نے اپنے بیٹے کی شادی ایک غریب گھرانے کی مگر انتہائی خوبصورت لڑکی سے کر دی۔

رسنا اس کا نام تھا۔ شباب کا رس اس کی رگوں میں دوڑتا نہیں تھا۔ کھولتا تھا وہ تند و تیز لاوے کی بنی ہوئی معلوم ہوتی تھی اس کے جسم میں بپھرے ہوئے سمندر کی لہروں کا خرام تھا۔ اس کی نگاہوں میں بجلی کا کوندا تھا اور انگلیوں میں آگ کی لپیٹ مگن لال اسے دیکھ کر دیوانہ ہوگیا۔ یکایک اسے ایسا محسوس ہوا کہ وہ رسنا کو اپنی باہوں میں لے کر مکمل مرد بن جائے گا۔

پھر وہ بجھ سا گیا۔ رسنا چند ماہ تو اپنے کھولتے ہوئے جذبات میں کسمساتی رہی۔ ٹوٹتی رہی اور ٹوٹ کر بنتی رہی پھر وہ یکایک پاگل ہوگئی دو سال تک پاگل رہی۔ پھر جب اچھی ہوئی تو وہ بھی بجھ سی گئی اس کے سسر نے اس محل نما گھر میں اپنی بہو کے لئے ایک مندر بنوا دیا تھا۔ جہاں وہ اکثر اکیلے میں پوجا کر کے اپنا دل بہلایا کرتی تھی اس کی آواز میں ایک عجیب کرب آمیز سنگیت کا رس اتر آیا تھا گھنٹوں وہ رادھا کرشن کی مورتیوں کے سامنے بیٹھی اپنے چھوٹے سے مندر میں بھجن گایا کرتی اور بھجن گاتے گاتے ایک عجیب محویت کے عالم میں بے ہوش ہو جایا کرتی۔ وہ ایک غریب گھر کی لڑکی تھی مگر اسے یہاں زندگی کی ہر آسائش میسر تھی۔ دو گورنسیں اسے بہترین تعلیم اور مغربی آداب سکھانے پر مامور کی گئی تھی نوکروں کا ایک لمبا چوڑا عملہ تھا جو دن رات اس کی ہر خواہش کو چٹکیوں میں پورا کرنے کے لئے کوشاں رہتا تھا اس پر بھی کئی بار رسنا کا دل یہاں سے بھاگ جانے کو چاہا مگر سونے کی زنجیریں بہت خوبصورت

تھیں۔

رسنا کو شدید طور پر چاہنے کے باوجود اب مگن لال نے اس سے الگ رہنا سیکھ لیا تھا کیونکہ ساتھ رہنے میں شدید کوفت ہوتی تھی۔ ایسا لگتا جیسے جسم و جان کے ریشے ریشے ٹوٹ جائیں گے۔ وہ اپنے وقت کا زیادہ حصہ اپنے کیوریوز کے ساتھ صرف کرتا تھا۔ ان اشیاء کے ساتھ اس کا ملنا جلنا اس قدر بڑھ گیا تھا کہ اکثر اوقات اکیلے میں وہ ان سے گفتگو تک کرنے لگتا اور اسے محسوس ہوتا کہ تصویریں بھی بولتی ہیں اور سنگِ مرمر کے یونانی صنم اس سے باتیں بھی کرسکتے ہیں اب وہ محل کے اس حصے میں بہت کم جاتا تھا جہاں رسنا رہتی تھی صرف دوپہر کے کھانے پر وہ ملتی تھی اور رات کے کھانے پر، اور یہ دونوں اوقات بھی اس کے لئے سوہانِ روح بن جاتے تھے مگر وہ مجبور تھا پتاجی کا حکم تھا اور پھر نوکروں کے سامنے دنیا داری بھی برتنا ضروری ہے۔

جس دن مگن لال نے مجھے خریدا وہ اپنی غیر متوقع کامیابی پر اس قدر خوش ہوا کہ یہ خوش خبری رسنا کو سنائے بغیر نہ رہ سکا۔ وہ مجھے ایک نوزائیدہ بچے کی طرح اپنے ہاتھوں میں تھامے رسنا کے بیڈ روم میں چلا گیا جو اب دوپہر کی نیند سے کر سنگھار میز کے سامنے اپنے کھلے بالوں میں کنگھی کر رہی تھی بل کھاتے ہوئے آراستہ بال جو کمر تک جاتے تھے کنگھی اور رسنا کے بالوں کے ملے جلے لمس سے لہراتی ہوئی ناگوں کی طرح بیدار ہو رہے تھے۔

رسنا اسے یوں غیر متوقع طور پر اپنے بیڈ روم میں آتے دیکھ کر چونک پڑی مگن لال بے حد خوش ہو کر اس کے کمرے میں داخل ہو رہا تھا۔

"دیکھو! میں نے کیا خریدا ہے؟" وہ بچوں کی طرح چلا پڑا۔

رسنا نے مجھے دیکھ کر کہا "یہ تو دس روپے کا ایک نوٹ ہے۔"

"ہاں ہے تو دس روپے کا۔ مگر میں نے اسے تیس ہزار روپے میں خریدا ہے۔"

"ایسے باؤلے پن کی باتیں تم اکثر کرتے رہتے ہو۔"

"یہ باؤلا پن نہیں ہے یہ کوئی معمولی، عام، دس روپے کا بازاری نوٹ نہیں ہے یہ ایک خاص نوٹ ہے۔ نایاب نوٹ ہے اس نوٹ کا ثانی سارے ہندوستان میں نہیں ہے۔ بلکہ شاید ساری دنیا میں نہیں ہے آج دوپہر میں نے نیویارک میں ایک ڈیلر کو ٹیلیفون کیا تھا وہ اس نوٹ کے عوض ایک لاکھ ڈالر دینے کو تیار ہے۔

"آخر اس نوٹ میں ہے کیا؟" رسنا بڑی بے زاری سے میرے چاندی کے فریم کو دیکھنے لگی۔ اور کانچ پر ہاتھ پھیر کر اور مجھ پر ایک سرسری سی نگاہ ڈال کر سر اوپر اٹھا کے اپنے شوہر کی طرف دیکھنے لگی۔ استفہامیہ نگاہ سے۔

"ذرا غور سے دیکھو! انڈیا کی ڈی الٹی چھپ گئی ہے اور اس کی ای غائب ہے۔" گمن لال نے اسے بتایا۔

اب رسنا نے غور سے مجھے دیکھا پھر خاموشی سے اپنے شوہر کی طرف دیکھا" اگر نوٹ کی ڈی الٹی ہے اور ای غائب ہے تو کیا ہوا اس کی نگاہیں کہہ رہی تھیں تمہارے جسم کی ای بھی تو غائب ہے اور ڈی الٹی ہے۔ پھر میں کیا کروں؟

اس دس روپے کے نوٹ کے جسے میں نے تیس ہزار میں خریدا ہے آج ایک لاکھ ڈالر مل رہے ہیں یہ دنیا کا سب سے قیمتی نوٹ ہے۔ آج تمہاری سالگرہ ہے اس موقع پر یہ نوٹ تمہیں تحفے میں دیتا ہوں۔"

رسنا نے مجھے دیکھا۔ سنگھار میز کے لمبے آئینے میں اپنے بالوں کو اپنی کمر کے نازک خم تک لہراتے دیکھا۔ کمرے کے وسط میں خوبصورت ریشمی چادروں سے سجے ڈبل بیڈ کی طرف دیکھا

پھر دلی جلن اور کھولن کی ایک لہر تڑپتی ہوئی اس کے گلابی گالوں تک آئی اور الاؤ اس کی آنکھوں میں چمکنے لگا اور اس نے مجھے زور سے اٹھا کے فرش پر پٹخ دیا۔ چاندی کا فریم تو نہ ٹوٹا ـــــ لیکن کانچ کے ٹکڑے ٹکڑے ہو گئے۔

وہ شعلہ بار نگاہوں سے اپنے شوہر کی طرف دیکھ رہی تھی اس کی نگاہوں کی نفرت کی کاٹ مگن لال کے دل تک اتر گئی ایک لمحے کے لیے وہ ضرور بھونچکا رہ گیا تھا پھر اس نے آہستہ سے سر جھکا لیا۔ گھٹنوں کے بل بیٹھ کر اس نے چاندی کے فریم کو اٹھا لیا جس میں وہ جڑا ہوا تھا اور مجھے لے کر کمرے سے باہر نکل گیا۔

رسنا نے اندر سے دروازہ بند کر لیا۔ ناخنوں سے نوچ نوچ کر اس نے اپنے سارے کپڑے پھاڑ ڈالے اور ماہیِ بے آب کی طرح فرش پر لوٹنے لگی اس کا سارا بدن جل رہا تھا اور ہلکی ہلکی چیخیں اس کے ہونٹوں سے نکل رہی تھیں یہ چیخیں جو اس کے اَن چھوئے بدن کی کراہیں تھیں۔

پھر اس نے سنگھار میز سے یوڈی کلون کی ایک بوتل اٹھالی جس کے منہ پہ ریشمی ڈوریوں میں بند ربڑ کا فوارہ لگا ہوا تھا ربڑ دبا دبا کر وہ یوڈی کلون کی پھوار اپنے منہ پر، اپنی گردن پر، اپنی چھاتیوں پر اپنے جسم کے مختلف حصوں پر ڈالنے لگی۔ جہاں یوڈی کلون کی پھوار پڑتی تھی جسم ٹھنڈا ہو جاتا تھا۔

ان ہی دنوں میں ایک انگریز ڈاکٹر ولیم رشر شہر میں وارد ہوا۔ وہ نفسیاتی طریقے سے علاج کرتا تھا پورے یورپ میں اس کے نئے طریقۂ علاج کی دھوم تھی وہ یہاں تین ماہ کے لیے آیا تھا چونی لال نے اپنے بیٹے اور بہو کو اسے دکھایا ولیم رشر کے پاس ڈاکٹری کی کوئی رسمی ڈگری نہیں تھی۔ اس کے علاج کا طریقہ بھی انوکھا تھا اور عجیب و غریب تھا مگر کئی پرانے

مریض حیرت انگیز طریقے سے اس نے ٹھیک کر دیئے تھے وہ صرف بڑے بڑے لکھپتی گھرانوں کا علاج کرتا تھا۔ کیونکہ اس کی پہلی فیس ہی ۵۰ ہزار روپے تھی ظاہر ہے اتنی بڑی فیس تو کوئی ہما شما ادا نہیں کر سکتا ہے۔

مگن لال اور رسنا کے طبی معائنے کے بعد سیٹھ چونی لال اور ولیم رشر میں دیر تک باتیں ہوئیں کیا باتیں ہوئیں؟ یہ کوئی نہیں جانتا۔ مگر بات چیت کے بعد ولیم رشر پھر مگن لال سے ملنے کے لیئے اس کے عجائب گھر میں گیا۔ مگن لال سے اس نے اس کا عجائب گھر دیکھنے کی فرمائش کی۔

دیر تک مگن لال اسے اپنے عجائب گھر کے نوادر دکھاتا رہا۔ کویت کی کھدائیوں سے دستیاب کئے گئے نامعلوم بت گروں کے حسین مجسمے زہرہ کے مجسمے، ایفروڈائٹی کے مجسمے، اہرام مصر سے چرائے ہوئے فراعین کے زمانے کی ممیاں اور ان کے زیورات، مصری کاہنوں کے گلے کے مقدس ہار۔ بھارت ناٹم ناچتی ہوئی رقاصہ کا بت، کانسی کا اور گیارہویں صدی کی دریافت، سسلی کے بنے خنجر اور چاندی کے فریم میں جڑا ہوا چاندی کا ایک نوٹ جس کی قیمت آج ایک لاکھ ڈالر تک پہنچ چکی ہے۔

مگن لال کا خیال تھا کہ ڈاکٹر کو ان نوادر کے سلسلے میں زیادہ واقفیت نہ ہوگی مگر لمبے تڑنگے، مضبوط اور بے داغ جلد والے مسکراتے ہوئے ڈاکٹر رشر کی معلومات بے حد وسیع اور جامع ثابت ہوئیں۔ ایسا لگتا تھا جیسے آثار قدیمہ کے بارے میں وہ خود کئی سال تک ریسرچ کرتا رہا ہے۔ مگن لال کو اس کی معلومات پر بڑی حیرت ہوئی۔

ڈیڑھ دو گھنٹے عجائب گھر میں گھومنے کے بعد مگن لال تھک گیا۔ وہ جلدی تھک جاتا تھا۔ دوسرے موقعوں پر وہ اس کام کے لیئے دو پہیوں والی ایک کرسی کا استعمال کرتا۔ مگر آج

اس مغربی ڈاکٹر کے سامنے اس نے خود وہیل کرسی پر بیٹھ کر عجائب گھر دکھانا مناسب نہ سمجھا۔

عجائب گھر دیکھ کر وہ دونوں مغربی کونے کے ایک آرام دہ کیبن میں آ گئے۔ جو مضبوط کانچ کا بنا ہوا تھا جس کی ایک دیوار پر میں چاندی کے فریم میں ٹنگا ہوا تھا یہ کیبن گمن لال کا ایک طرح کا دفتر تھا اس کے سوچ بچار کا کمرہ تھا یہیں پر وہ دوپہر میں ایک کونے میں پڑے ہوئے دیوان پر لیٹ کر آرام کر لیتا تھا۔

اس کیبن میں پہنچ کر گمن لال نے ایک سگریٹ سلگایا۔ ڈاکٹر نے اپنا سگار سلگایا اور چند لمحوں کے لئے خاموشی طاری ہو گئی۔

پھر ڈاکٹر بولا: "میرا خیال ہے تمہیں بیماری نہیں ہے۔"

"ایں؟" گمن لال حیرت سے چونک کر تقریباً کرسی سے اٹھ کھڑا ہوا۔

"بیٹھو بیٹھو.... !" ولیم رشر کی نیلی اجلی صاف آنکھوں میں ہمدردی کی ایک جھلک نمودار ہوئی۔

"مگر...... ؟" اتنا کہہ کر گمن لال حیرت سے ولیم رشر کی طرف دیکھنے لگا۔ کیسی وجیہہ کرڈی گردن ہے ڈاکٹر کی۔ کس قدر پر اعتماد چہرہ ہے ڈاکٹر کا۔

کیا یہ ڈاکٹر جھوٹ بول رہا ہے آج تک دنیا میں کسی ڈاکٹر نے اسے یہ نہیں بتایا کہ اسے کوئی عارضہ نہیں ہے۔ ہر ڈاکٹر بس اس کو ذمہ دار ٹھہراتا تھا یہ پہلا ڈاکٹر تھا...... مگر..... یہ کیسے ہو سکتا ہے؟

گمن لال حیرت سے ڈاکٹر کے چہرے کی طرف تکے جا رہا تھا۔

ڈاکٹر رشر نے مسکرا کے کہا، اس کی مسکراہٹ بھی کس قدر صحت مند اور دل آویز ہے جیسے خوشی اندر سے جھانک رہی ہو۔ عمر بھی پینتیس چھتیس سال سے زیادہ نہ ہو گی۔ گمن لال نے اسے

دیکھتے ہوئے اندازہ لگایا) "سنو مگن! میرا خیال ہے تمہارے جسم میں کوئی نقص نہیں ہے. نقص رسنا کے جسم میں ہے۔"

"رسنا میں؟" مگن لال کی آواز یک لخت اونچی ہوگئی۔

"ہاں ہاں! رسنا میں!! چلاؤ نہیں!!! اطمینان سے میری بات سنو۔ میں ٹیکنیکل تفصیلات میں نہیں جا سکتا۔ تم سمجھ نہیں سکو گے موٹے طریقے سے سمجھانے کی کوشش کروں گا۔ تمہارا اعصابی نظام بے حد ذکی الحس ہے تمہیں ایسی عورت کی ضرورت نہیں ہے جو لاوے کی طرح بھڑکتی ہو۔ ایسی عورت کا جسمانی ٹمپریچر تمہارے اعصابی نظام کو شل کر دے گا۔ بدقسمتی سے اس عمر میں جس میں رسنا ہے نوجوان عورتوں کا جسمانی ٹمپریچر بالعموم یہی ہوتا ہے۔ پھر جلد کے اندرونی خلیوں میں جسم کے ہر حصے سے مرد اور عورت کے درمیان الیکٹریکل چارج گزرتے رہتے ہیں۔ وہ مرد اور عورت کے درمیان ایک مخصوص قسم کا جنسی توازن بناتے ہیں اگر وہ الیکٹریکل چارج ایک طرف سے بہت اونچا ہے اور دوسری طرف سے بہت نیچا ہے تو توازن قائم نہیں ہوگا۔ تمہارا حساس اعصابی نظام دوسری طرف سے آنے والے الیکٹریکل چارج کو برداشت نہیں کرتا اور مثبت، منفیت میں تبدیل ہو جاتی ہے۔ یا نیوٹرل چارج میں بدل جاتی ہے۔

"مگر وہ دوسری عورتیں۔۔۔۔۔؟" مگن لال نے فقرہ نا تمام رہنے دیا۔

"بدقسمتی سے تمہیں جو بھی عورتیں ملیں۔۔۔۔ ہائی وولٹیج والی تھیں۔ ورنہ تمہارے جسم میں کوئی نقص نہیں ہے۔ وہ ایک ذہین اور حساس اعصابی نظام کا مکمل نمونہ ہے۔ میں تمہارے اعصابی نظام میں کوئی تبدیلی لانا پسند نہیں کروں گا۔ مگر میں رسنا کا علاج کرنا چاہوں گا۔ اس کا جسمانی ٹمپریچر بدلنا چاہوں گا اس کی نفسیات کا مطالعہ کر کے۔ اس کی عادات، خوراک پوشش میں مناسب تبدیلی پیدا کرنا چاہوں گا اس کی جلد کا مطالعہ کر کے اندرونی

خلیوں کی بایو کیمیک بجلی کی رو کو دھیما کرنا چاہوں گا۔ مگر یہ سب کچھ تمہاری اجازت سے۔ تمہاری تحریری اجازت کے بغیر نہیں ہو سکتا ہے۔"

مگن لال کا دل خوشی سے اُچھلنے لگا۔ بڑی مشکل سے بولا۔

"ڈاکٹر کیا تمہیں واقعی یقین ہے کہ مجھ میں کوئی نقص نہیں ہے۔؟"

"سو فیصدی!"

"اور رسنا تمہارے علاج سے اچھی ہو جائے گی۔"

"اس کی بھی مجھے سو فی صدی امید ہے رسنا ضرور میرے علاج سے اچھی ہو جائے گی اس میں وقت بھی لگے گا اور مصارف بھی خاصے آئیں گے مگر بالآخر اس بات کی قوی امید ہے کہ رسنا کے جسم کا الیکٹریکل توازن میں ضرور ٹھیک کرنے میں کامیاب ہو جاؤں گا۔"

مگن لال نے پُرجوش طریقے سے ڈاکٹر ولیم رشر سے ہاتھ ملایا اور کانپتی ہوئی پُرامید آواز میں بولا۔

"ڈاکٹر تم علاج شروع کر سکتے ہو۔"

ولیم رشر رسنا کو کئی بار سینما لے گیا۔ اس کا اندازہ بالکل صحیح نکلا رسنا رومانک تصویریں بالکل پسند نہیں کرتی تھی وہ زیادہ تر HORROR پکچرز دیکھنا پسند کرتی تھی۔ ایسی تصویریں جن میں جنونانہ مار دھاڑ ہو یا پُراسرار پُرہیبت ماحول ہو یا خوفناک جسمانی اذیت کے پُرہول نظارے ہوں ایسی تصویروں سے اسے ایک عجیب قسم کا ذہنی سکون ملتا تھا۔

ولیم رشر اسے کئی بار سمندر کے کنارے ٹہلانے لے گیا اور پھر اس کا اندازہ صحیح نکلا رسنا کو خاموش سُستا ہوا سمندر پسند نہیں تھا بپھرے ہوئے سمندر کی طوفانی لہریں اسے بے حد پسند آئیں —

"جی چاہتا ہے دوڑ کر ان میں کود جاؤں۔" رسنا ڈاکٹر کی طرف دیکھ کر بولی۔
وہ اس وقت سمندر کے کنارے ایک سنسان ساحل پر کھڑے تھے دور دور تک کوئی آدمی نظر نہیں آتا تھا۔
"تو کود جاؤ!" ڈاکٹر نے کہا۔
"مجھے تیرنا نہیں آتا۔"
"کوئی مضائقہ نہیں۔ کمر تک پانی میں نہاؤ۔ دور تک آگے مت جاؤ۔"
"میں ڈوب جاؤں گی۔" رسنا کانپ کر بولی۔
"میں تمہیں بچا لوں گا مجھے تیرنا آتا ہے۔" ولیم رشر بولا "سارے کپڑے اتار دو اور پانی میں گھس جاؤ۔"
"ہائے!" رسنا اکدم خوشی اور ڈر سے بول پڑی "میرے پاس تو بکنی بھی نہیں ہے۔"
"کوئی پرواہ نہ کرو! میں منہ پھیر لیتا ہوں۔ تم کپڑے اتار کر مجھے سمندر میں گھس کر آواز دینا۔"
"نہیں!" رسنا شرماتے ہوئے بولی۔ اس کے گال سرخ ہو گئے اور تیز ہوا سے اس کے بال بکھر بکھر کے اس کے ماتھے پر آرہے تھے۔
ولیم رشر نے اس کے کانپتے ہوئے کندھے پر ہاتھ رکھ کر بڑی نرمی مگر بڑی مضبوطی سے کہا۔
"جیسا میں کہوں ویسا کرو!"
"تو تم اپنا منہ ادھر کر لو۔"
"لو کر لیا۔"
دھیرے دھیرے جھجکتے ہوئے رسنا نے سارے کپڑے اتار دیئے۔ صرف ایک چڈی

اور چولی پہنے ہوئے پانی میں گھس گئی اور لہروں سے کھیلنے لگی۔ یکایک ہنسی کا فوارہ سا اس کے منہ سے اُبل پڑا۔ وہ چیخ کر بچوں کی طرح چنچل آواز میں بولی۔

"تم بھی آجاؤ پانی بہت مزیدار ہے۔"

پانی رسنا کے سارے جسم میں گدگدی کر رہا تھا۔ جھاگ کے سفید سفید بلبلے اس کے سارے جسم کو چوم رہے تھے۔ چاروں طرف پانی ہی پانی کی بانہیں۔ وہ اور بھی سمندر کے اندر پانی میں گھس گئی۔

"آجاؤ! سمندر بہت مزیدار ہے۔"

"آگے مت جاؤ!" رشمر نے اسے تنبیہہ کی۔

"میں تو جاؤں گی۔" رسنا بچوں کی طرح منہ بناتے ہوئے بولی۔

وہ دو قدم اور پانی کے اندر گئی۔

سمندر کی ایک بہت بڑی اچھال یکایک اس کے بدن سے ٹکرا کر ٹوٹ گئی۔ پانی بہتے ہوئے جذبوں کی طرح اس کے بدن پر سے گزر رہا تھا۔ جھاگ کی سیمیں کرنیں آوارہ قہقہوں کی طرح اس کے جسم پر رقصاں تھیں۔ رسنا خوشی سے بے اختیار ہنسنے لگی۔ لہریں اور دور تک انگڑائیوں کی طرح ٹوٹنے لگی تھیں۔

کھلا نیلا آسمان رشمر کی آنکھوں کی طرح صاف اور بے داغ، دور دور، کہیں کہیں، اونچے لانبے ناریل کے درخت رشمر کے جوان اور مضبوط جسم کی طرح تنومند اور اکیلے۔ سمندر کا پُرشور آرکسٹرا اور لہروں کی جوان بانہیں۔

رسنا نے دو قدم آگے اور کرلئے۔ اب پانی اس کے کندھوں تک تھا۔

"اب آگے مت جاؤ۔" رشمر مسکرا کر بولا رسنا اُسے اپنے کپڑے اتارتے ہوئے دیکھ رہی تھی۔

رشمر نے قمیض اتار دی تھی۔ اس کے سینے کے بھورے بال ہوا میں ہولے ہولے ہلنے لگے۔ جیسے اوپر پیڑ کی چوٹی پر ہوا میں ہلتی ہوئی ناریل کی سبز سبز مور پنکھیاں۔۔۔۔!

"اپنی آنکھیں بند کرلو۔" رشمر رک کر بولا۔

رسنا زور سے ہنسی۔ اس نے اپنی آنکھیں بند کرلیں۔

یکایک سمندر کی دوسری اچھال آئی اور رسنا کے سر سے گزر گئی۔ جب گزر گئی تو رسنا کا کہیں وجود نہیں تھا صرف گرداب کے تھپیڑے تھے اور کف آلود سمندر، چند لمحوں کے بعد قریب کے پانیوں میں رسنا کا جسم رشمر کو پانیوں میں ہاتھ مارتا نظر آیا۔ وہ اچھل کر پانی میں کود گیا۔

"میں ڈوب رہی ہوں۔" رسنا یکبارگی زور سے چلائی۔ پھر ڈوب گئی۔

پھر دوبارہ جب اُبھری تو رشمر کی بانہوں نے اسے اوپر اچھال لیا۔ وہ پانی میں بہت گہری تھی چند لمحوں میں رشمر نے معاملے کو سنبھال لیا تھا۔ وہ اب بازوؤں میں اٹھائے ہوئے ساحل کی طرف لا رہا تھا۔

رسنا پانی کی کُلّیاں کرتی تھی۔ ڈر سے اس کے سینے سے لپٹی جا رہی تھی۔ خوف سے ہانپتی تھی۔ بچ جانے کی خوشی تھی۔ رشمر کی بانہیں بہت آرام دہ تھیں اس لئے اسے کچھ بُرا سا بھی لگا۔ جب صاف خشک ریت پر آکے رشمر نے اسے الگ لٹا دیا۔

"اٹ واز۔۔۔۔۔۔ اٹ واز۔۔۔۔ ٹچ۔۔۔۔ اینڈ گو۔" (IT WOUS TOUCH AND GO) ہانپتے ہوئے وہ انگریزی میں بولی۔

"شیور (SURE)" رشمر نے مضبوط لہجے میں جواب دیا۔

"تم میرے اس قدر قریب تھیں۔ جبھی تو میں نے تمہیں پانی میں جانے کی اجازت

دی تھی۔"

رسنا کی گول گول کہنیاں ریت میں گیلے گڈھے بنا رہی تھیں۔ وہ اپنے بازو سیکڑ کر ان گڈھوں میں اپنی انگلی پھیرتے ہوئے بولی۔

"اگر میں ڈوب جاتی تو تم کیا کرتے؟"

"میں سمندر کو آواز دیتا۔ اور لہروں کی اچھال میں تمہارا جسم ویٖنس کی طرح برآمد ہوتا۔"

"ڈاکٹر رشر!" رسنا بولی۔

"مجھے ول کہو۔"

"ول!!"

"ہوں!"

"جانتے ہو تم نے آج میری جان بچائی ہے؟"

مگر ول کچھ دیر تک نہیں بولا۔ اس نے اپنے ہاتھ چوڑے سینے پر باندھ لئے تھے اور آنکھیں بند کر لی تھیں۔ شاید وہ سو رہا تھا۔

پھر رسنا نہیں بولی۔

صرف سمندر دیر تک گرجتا رہا اور کبھی کبھی کوئی لہر کانوں میں سرگوشی کر جاتی تھی کوئی پون گھنٹے کے بعد جب دھوپ کے تولیے نے ان کے گیلے جسم خشک کر دیئے تو رسنا ایک دم چونک اٹھی۔ ڈاکٹر کو اپنے ہاتھ سے جھنجھوڑ کر بولی۔

"اٹھو گھر نہیں چلو گے کیا؟"

کپڑے پہن کر وہ دونوں واپس گاڑی کی طرف چلے

یکایک گاڑی میں بیٹھ کر رسنا نے اپنے دائیں کان کی لو کو ہاتھ لگا کے کہا۔۔۔۔" میرے

کان کا ایک آویزہ شاید پانی میں ڈوب گیا۔"

"قیمتی تھا؟"

"ہیروں کا تھا۔"

"کوئی مضائقہ نہیں۔ کوئی مچھلی اسے نگل لے گی کوئی ماہی گیر جال ڈال کر اسے پکڑے گا۔ کسی دکان سے کوئی غریب عورت اس مچھلی کو خرید لے گی اور جب اس کا پیٹ چاک کرے گی تو وہ دمکتا ہوا ہیرے کا بندہ ایک معجزے کی طرح برآمد ہوگا۔"

رسنا زور سے ہنسی "دل! تم بھی کتنی دلچسپ بات کرتے ہو۔ ایسی باتیں تو میرے شوہر نے آج تک کبھی مجھ سے نہیں کیں۔"

دل بڑی سنجیدگی سے بولا "شوہر ایسی باتیں نہیں کیا کرتے۔" اس نے بٹن دبا کر گاڑی اسٹارٹ کی۔

جب گاڑی اسٹارٹ ہو کر چلنے لگی تو دور چٹانوں کی اوٹ میں چھپا ہوا مگن لال دیر تک گردن گھما کے سڑک کے نیم دائرے میں گھومتی ہوئی گاڑی کو دیکھتا رہا۔ پھر جب گاڑی موڑ سے غائب ہو گئی تو اس نے پھر اپنی آنکھیں سمندر کے پانیوں پر جما دیں جس میں اس کی ہنسی کی ڈور پڑی تھی۔

دیر تک وہ ہنسی کی ڈور کو ہلائے بغیر سمندر کے پانیوں کو دیکھتا رہا۔

بہت رات گئے مگن لال اپنے عجائب گھر میں گھومتا رہا۔ آج اس نے شدید مصروفیت کا بہانہ کر لیا تھا اور رات کے کھانے پر بھی نہیں آیا تھا اپنا کھانا اس نے اپنے عجائب گھر میں منگوا لیا تھا کھانا کھا کے اور فریج کو نیا کے دو چھوٹے چھوٹے جام پی کر وہ شیشے کے مجسمے کو اس کے بکسے میں سے کھولنے لگا۔ یہ بکسا آج ہی بذریعہ ہوائی جہاز آیا تھا۔ بکسے میں شیشے

کا مشہور مجسمہ پیک تھا۔ اس مجسمے کا نام تھا انگڑائی۔ ایک عورت انگڑائی توڑ رہی تھی۔ گمن لال بڑی بیقراری سے مجسمے کو بکسے میں سے نکالنے لگا۔

بہت رات گئے کھانا کھانے کے بعد رسنا اور ولیم دیر تک باتیں کرتے رہے پہلے کھانے کے کمرے میں پھر ڈاکٹر کے کمرے میں جو رسنا کے کمرے سے لگا ہوا تھا۔ ول کے ہاتھوں رسنا نے پہلی مرتبہ تھوڑی سی پورٹ چکھی۔ وہ پیتی نہیں تھی مگر ول نے اصرار کیا کہ یہ بھی علاج میں شامل ہے شوپان کی دھیمی دھیمی موسیقی ریکارڈ پر چل رہی تھی۔ رسنا کی آنکھوں میں کیف و سرور جھلکنے لگا نیم غنودگی کے نشے میں بولی۔ مجھے نیند آ رہی ہے۔"

"تم اپنے کمرے میں جاؤ! میں ابھی آتا ہوں۔"

رسنا نے چونک کر کہا" تم کیوں آتے ہو۔؟"

"تمہارے جسم پر مالش کروں گا۔"

رسنا اپنے کمرے میں چلی گئی۔

شیشی کا سیاہ عورت کا بت، قیامت خیز انگڑائی کے پوز میں تھا گمن نے اسے ایک کونے میں کھڑا کر کے اسے چاروں طرف سے غور سے دیکھا بالکل بے عیب، بے نقص، حد درجہ ہیجان انگیز۔ وہ ایک نرم بردار کپڑا لے کر اس سیاہ بت کے اعضا کو چمکانے لگا گمن نے اپنے ریکارڈ پر ایک اداس رومانی دھن کا ریکارڈ لگا دیا تھا۔ پتھر کے بت کے سڈول اعضا بردار کپڑے پر لگے ہوئے پالش سے ہوتے ہوئے چمکنے لگے گمن لال نے بردار کپڑا نیچے رکھ دیا اور اپنے ہاتھ اس بت کی بانہوں پر پھیرنے لگا۔

اس کا اور میرا ٹمپریچر کتنا ملتا ہے یہ پتھر کی ہے۔ میں برف کا ہوں۔ بجلی نہ اس میں نہ مجھ میں......!

ڈاکٹر رشر نے رسنا کے بیڈ روم میں دو ائرکنڈیشنر لگوائے تھے اس وقت اس نے ان کا ٹمپریچر درست کیا تھا بتیاں بہت دھیمی کر دی تھیں اور اب وہ انتہائی سنجیدگی سے اپنی قمیض کی آستین اوپر چڑھاتے ہوئے رسنا کی پیٹھ پر بادامی رنگ کے ایک مرہم سے مالش کر رہا تھا اس کے سدھے ہوئے مشاق ہاتھ پاؤں کی پوروں سے کمر کے خم تک جاتے تھے اور مالش کے دائرے بناتے ہوئے لوٹ آتے تھے رشر نے رسنا کو بتایا تھا کہ اس مالش کا اثر جلد کے اندرونی خلیوں تک پہنچ کر دھیرے دھیرے رسنا کے اعصابی نظام کو درست کر دے گا۔

ڈاکٹر رشر کمر سے کندھے تک پہنچا۔ اب وہ ڈبل بیڈ کے کنارے کھڑا ہو کر رسنا پر جھک کر اس کے کندھوں اور گردن پر مالش کر رہا تھا۔ مگر رسنا کا اعصابی نظام ٹھنڈا ہونے کے بجائے اس کے جسم کے رگ و پے میں چنگاریاں بھر رہا تھا دھیرے دھیرے وہ سلگنے لگی۔ پاؤں کی پور سے لے کر گردن کے خم تک وہ اپنے بدن میں بجلی کی ایک تیز رو کو دوڑتی ہوئی محسوس کر رہی تھی۔ پھر بھی وہ دانت پیس کر دم سادھے ہوئے پڑی رہی ہے بھگوان.... یہ بہت مشکل ہے.... بہت مشکل ہے.....اس نے جلدی سے بالوں کی ایک لٹ اپنے منہ میں دبا لی اس کے نتھنے پھولنے لگے تھے اور سانس زور زور سے چلنے لگی تھی۔

رسنا نے دونوں ہاتھوں میں اپنا منہ چھپا لیا تھا۔ کل وہ یہ مالش نہیں کرائے گی صاف انکار کر دے گی۔

ہولے سے ڈاکٹر رشر نے اس کے بالوں کی لٹ اس کے منہ سے نکال لی۔ اب اس کے مرہم سے چکنے ہاتھ اس کے بالوں میں تھے... "ناں ناں.... میرے بالوں کو مت چھوؤ۔" رسنا نے اپنے دل میں کہا۔ مگر کچھ بول نہیں سکی۔ اس کا دم رکنے لگا۔ رشر کے ہاتھ بالوں میں آہستہ آہستہ گھوم رہے تھے آہستہ آہستہ گردن اور گدی میں چٹکیاں لیتے ہوئے بالوں کے

ابھری کی جلد کو سہلاتے ہوئے بالوں کی ایک ایک لٹ کو سنوارتے ہوئے رتشر کو ایسا لگا جیسے وہ شعلوں میں کنگھی کر رہا ہے۔

یکایک کروٹ بدل کر رسنا اٹھی۔ اس کی آنکھیں شعلہ بار تھیں اور ہونٹ ذرا سے کھلے تھے اس نے غیض و غضب کی ایک تیز نگاہ رتشر پر ڈالی اور اپنے دونوں بازوؤں سے اس کی گردن کو جکڑ کر دیوانہ وار اس کا منہ چومنے لگی۔

دل!..... میرے دل..... !! میرے۔ میرے۔ میرے دل۔

عجائب گھر میں مگن دونوں ہاتھوں سے اس سیاہ بت کے پاؤں پکڑے ہوئے رو رہا تھا۔ دھیرے دھیرے کونے میں ریکارڈ چل رہا تھا۔

آج سجن مورے انگ لگے ہیں

سپھل بھیو مم دھیا!

دن گزرتے گئے۔ مگن زیادہ سے زیادہ اپنے عجائب گھر میں محصور ہوتا گیا۔ محل نما گھر کا زنانہ حصہ۔ رسنا کے کھلے مسرت آمیز قہقہوں سے معمور ہوتا گیا۔ اس کی چال میں زیادہ لچک آگئی تھی اور آنکھوں میں شراروں کی چمک کی جگہ ایک اجلی نکھری دھوپ نے لے لی تھی۔ ایسی دھوپ جو ساون کی گھٹا برس جانے کے بعد آتی ہے اب رسنا ہر وقت گنگناتی رہتی۔ اس پر غشی کے دورے بھی نہیں پڑتے تھے کئی کئی دن وہ مندر بھی نہیں جاتی تھی۔

تین ماہ بعد ڈاکٹر رتشر انگلینڈ چلا گیا۔ اس کے جانے کے بعد چھ ماہ بعد رسنا کے یہاں بچہ ہوا کروڑ پتی خاندان کا وارث پیدا ہو گیا دادا کی خوشی کی کوئی انتہا نہ تھی۔ دان پن کرنے کے لئے اس نے اپنی تھیلیوں کا منہ کھول دیا۔

پہلی بار جب مگن لال نے اپنے بچے کو دیکھا کو دیکھا تو دیر تک خاموشی سے دیکھتا

ہی رہ گیا۔ رسنا نے آنکھیں بند کرلی تھیں۔

اس کا چہرہ ایک مکمل نقاب تھا ڈاکٹر اور دو نرسیں قریب کھڑی تھیں اور وہ بھی اسی کمرے میں ایک طرف کھڑے اسے غور سے دیکھ رہے تھے۔

بچہ بہت خوبصورت تھا۔ گلابی گلابی پھولے پھولے گال اور ان کے اوپر نیلی نیلی آنکھیں اور شفاف دودھیا ننھے ننھے ہاتھ پاؤں پالنے میں بڑا خوشی سے ہمک رہا تھا۔

مگن نے جھک کر اس بچے کو گہری سنجیدگی سے اپنی باہنوں میں اٹھایا۔ اٹھا کر اپنے سینے سے لگایا۔ اس کے ماتھے پر ایسے بوسہ دیا جیسے وہ ایک صلیب کو بوسہ دے رہا ہو۔ پھر اس نے بڑی احتیاط سے بچے کو پالنے میں واپس رکھ دیا۔ اور چپ چاپ کچھ کہے بغیر کمرے سے نکل گیا۔

دوسرے سال ڈاکٹر رشر پھر علاج کے لئے آیا۔ آیا تو تھا دو ماہ کے لئے مگر رسنا نے اصرار کرکے مزید دو تین ماہ کے لئے روک لیا اس کے جانے کے سات ماہ بعد پھر ایک لڑکا ہوا۔ پہلے سے بھی زیادہ خوبصورت اور تندرست ....!؟"

دوسرے بچے کی زچگی سے فارغ ہو کر رسنا بھی تبدیلی آب و ہوا کے لئے سوئٹزرلینڈ چلی گئی اپنے دونوں بچوں کو لے کر۔ اس کا ارادہ چند ماہ کے لئے یورپ میں سیاحت کرنے کا تھا۔ کروڑپتی سیٹھ نے یہ طے کر لیا تھا کہ اس قیام کے دوران میں ڈاکٹر رشر پورے وقت رسنا کے ساتھ رہے گا اور ہر دم اس کی صحت کا خیال رکھے گا۔

جب رسنا یورپ چلی گئی تو اس کے چند روز بعد ایک رات مگن لال اپنے باپ کی خواب گاہ میں گیا اور اس سے کہا

اب جب کہ آپ کے خاندان کے دو وارث پیدا ہو گئے ہیں بلکہ ممکن ہے تیسرا

بھی ہو جائے ۔ میں یہاں سے جانا چاہوں گا ۔"

"جہاں چاہو جا سکتے ہو۔ میں نے آج تک تمہاری کونسی خواہش پوری نہیں کی ہے ۔"
سیٹھ چونی لال نے اس سے کہا...... میں تو چاہتا تھا یورپ کے سفر پر تم بھی رسنا کے ساتھ جاتے۔ مگر تم نے خود ہی انکار کر دیا۔ اب کہاں جانا چاہتے ہو؟"

"آپ سمجھتے نہیں ہیں" گمن لال نے اپنے باپ سے کہا" میں نے اس گھر کو چھوڑ دینے کا فیصلہ کیا ہے ۔"

"کسی دوسرے گھر میں رہنا چاہتے ہو؟"

"نہیں ۔ مجھے ......!" گمن رک رک کر کہنے لگا" میں دراصل اس گھر کو ہمیشہ کے لئے چھوڑ دینا چاہتا ہوں۔ میں آپ سے ایک پیسہ بھی نہیں لینا چاہتا۔ صرف چند چیزیں یہاں سے لے جاؤں گا۔ اور پھر کبھی آپ کو اپنی صورت نہیں دکھاؤں گا۔"

"مگر کیوں؟"

"وجہ آپ جانتے ہیں!"

سیٹھ چونی لال دیر تک چپ چاپ رہا پھر کسی قدر سخت لہجے میں بولا۔

"احمق مت بنو! تم اگر میری جگہ ہوتے تو یہی کرتے، جانتے ہو ہمارا خاندان، ہندوستان کے پہلے تیس خاندانوں میں سے ہے۔ دولت اور طاقت کے اعتبار سے یہی تیس خاندان ہندوستان پر حکومت کرتے ہیں۔ وزیروں کے نام اور عہدے بے شک بدلتے رہتے ہیں مگر دراصل حکومت ہماری ہے۔ تم کیا جانتے ہو!؟ میں اس طاقت اور دولت کو لاولد چھوڑ دیتا؟ اور اپنے دشمن کے ہاتھوں میں جانے دیتا؟"

"وہ بچے میرے نہیں ہیں۔ اور اب وہ بیوی میری بیوی نہیں ہے۔"

"اس طرح سے یہ دولت جو ہم نے گزشتہ سو سال میں اکٹھی کی ہے دراصل ہماری نہیں ہے۔ اخلاق کے ایسے کھوکھلے اصول اسٹیج پر اور مذہبی کتابوں میں بڑے اعلیٰ معلوم ہوتے ہیں مگر زندگی میں ان کا کیا کام .... ؟ تمہارے آباؤ اجداد اگر ان اصولوں پر چلتے تو آج ہم دونوں فٹ پاتھ پر رہتے۔ احمق مت بنو!"

مگن لال نے بڑے غصے سے شانے اچکائے۔

اس کے باپ نے مگن لال کو شانے سے پکڑ کر قریب کی ایک کرسی پر بٹھا دیا۔ خود پلنگ پر بیٹھا تھا کرسی اور پلنگ کے بیچ میں ایک چھوٹی تپائی تھی جس پر اس کے دونوں خوبصورت پوتوں کی تصویریں کیبنٹ سائز کے فریم میں جڑی رکھی تھیں۔

سیٹھ چونی لال کا ہاتھ دیر تک ان دونوں بچوں کے فریم سے کھیلتا رہا۔ اس کی بے چین انگلیاں کبھی ایک فریم پر جاتیں کبھی دوسرے فریم پر آخر اس نے نگاہ اٹھا کر اپنے بیٹے کی طرف دیکھا اور تصویروں کی طرف اشارہ کر کے تیز نشتر کے انداز میں بولا۔

ایک دن میں بھی اسی طرح پیدا ہوا تھا۔

مگن لال نے وہ دنیا چھوڑ دی تھی اور اب اکیلا شہر کی سڑکوں پر گھوم رہا تھا آتے وقت اس نے اپنے ساتھ کچھ نہیں لیا تھا صرف چاندی کے اس چھوٹے سے فریم کو جس میں میں بند تھا اٹھا کر اپنی پتلون کی جیب میں ڈال لیا تھا اس کی جیب میں صرف چند آنے تھے۔ اور وہ اسی طرح گھر سے نکل آیا تھا۔ چوروں کی طرح۔ باپ کو بتائے بغیر۔ کوئی چٹھی چھوڑے بغیر مگر اب اس نے فیصلہ کر لیا تھا کہ اب وہ اس گھر میں کبھی واپس نہیں جائے گا۔

وہ کیسے اپنی زندگی بسر کرے گا۔ ؟ اسے کچھ معلوم نہیں تھا۔ وہ کیا کام کر سکتا ہے ؟ اسے یہ بھی معلوم نہیں تھا دراصل آج تک جس دن سے وہ پیدا ہوا اس نے کوئی کام نہیں کیا

تھا اس کا سارا جسم آج تک مکمل بیکار رہا تھا ہاتھ پاؤں دل دماغ رگ وریشے، نسیں، پٹھے سب بیکار رہے تھے زندگی بھر چاندی کے تچمچے سے اسے دودھ پلایا گیا تھا بے بہار کے انگوری دانوں کی طرح اسے ہمیشہ نرم روئی اور ریشم اور سنجاب میں لپیٹ کر رکھا گیا اسے اپنے جسم کو کبھی ٹھیک سے استعمال کرنے کا موقع نہیں ملا۔

کچھ بھی ہو وہ کبھی واپس نہیں جائے گا۔

دیر تک وہ سڑکوں پر ادھر ادھر گھومتا رہا، بے مقصد آوارہ وہ گھومنا چاہتا تھا وہ چلتے رہنا چاہتا تھا اسے ڈر تھا کہ اگر کہیں وہ رک گیا تو کہیں واپس نہ چلا جائے اپنی زندگی میں آج تک کبھی اتنا نہ چلا تھا۔ محض چند قدم چلا تھا۔ پورچ سے گاڑی تک، دکان سے فٹ پاتھ تک لفٹ سے برآمدے تک بس پیدل چلنے کے یہی چند قدم اسے یاد تھے اس کے سارے جسم سے پسینہ بہہ رہا تھا پھر بھی وہ چلتا گیا۔

رات کے گیارہ بجے تک وہ تھک کر سدانند روڈ کے ناکے پر ایک بارہ منزلہ اونچی مگر نامکمل بلڈنگ کے باہر روڑی اور بجری کے ڈھیر پر سو گیا۔ سامنے سے سمندر کی کھلی خوشگوار ہوا کے جھونکے آرہے تھے وہ کمر سیدھی کرکے پاؤں پھیلاتے ہی سو گیا۔

کب تک سوتا رہا اسے کچھ معلوم نہیں تھا یکایک کسی نے اسے زور سے جھنجھوڑ کر جگایا۔ ہڑبڑا کر اس نے آنکھیں کھول دیں تیز دھوپ کی روشنی اس کی آنکھوں میں بھالے کی طرح چبھ گئی وہ پلکیں جھپکاتے آنکھیں ملتے جلدی سے اٹھ بیٹھا۔

ایک کسی ہوئی تنومند سیاہ عورت بجری کی ٹوکری اٹھائے اس کے سر پر کھڑی تھی۔ مگر پہلے نہ صرف اس نے اس کی ننگی پنڈلیاں دیکھی تھیں۔ انہیں دیکھ کر وہ ایک دم چونک گیا۔ شینی کا بت؟ جلدی سے اس کی نگاہ اوپر اٹھ گئی۔

"اے بابو اٹھ کب تک سوتا رہے گا؟
اس کے سفید دانت بجلی کی طرح چمکے۔
"کبارات کو دارو جیادہ چڑھا گئے تھے۔؟"

اتنا کہہ کر اس نے ڈھیر سے ٹوکری میں بجری بھری اور ٹوکری کو اٹھا کے اس کے جواب کا انتظار کئے بغیر بلڈنگ کی طرف چلی گئی دہ دیر تک اس کی لچکتی کمر اور ڈولتی چھاتیوں کی طرف حیرت سے دیکھتا رہا۔ کیا شینی نے اس عورت کو دیکھ کر وہ کالا بت بنایا تھا؟۔

وہ اٹھ کر بیٹھ گیا اپنے دونوں بازو اس نے ٹانگوں پر باندھ لئے اور گھٹنوں پر اپنی ٹھوڑی ٹکالی اور اس عورت کو دیکھنے لگا جواب پھر بجری اٹھانے کے لئے اس کی طرف آ رہی تھی۔

وہ بولی۔۔۔۔"اب گھر جاؤ۔"
وہ بولا۔۔۔۔۔"گھر تو چھوڑ دیا۔"
"تو دھندے پر جاؤ۔"

"میں کوئی دھندا بھی نہیں جانتا۔" وہ افسوس سے سر ہلاتے ہوئے بولا۔
"تو اب تک کیسے جندہ تھے؟"

"جندہ بھی تھا کہ نہیں، اس میں بھی شبہ ہے۔"

"عجیب آدمی ہے!" سیاہ عورت نے حیرت سے سر ہلایا اس کی ایک جھلکتی ہوئی لٹ اڑ کر رخسار سے نیچے گر کر ہل رہی تھی اس نے جلدی سے اسے کس کر جوڑے میں باندھ لیا۔ پسینے میں اس کا جسم چمک رہا تھا۔

"مجھے پیاس لگی ہے۔" مگن لال نے اپنے خشک ہونٹوں پر اپنی خشک زبان پھیری۔

"وہ ادھر سیمنٹ اور بجری مکس کرنے کی جاگہ پر پانی کا نل ہے جلدی سے جا کے پی لو۔"

پی کے آیا۔ پھر وہیں بجری کے ڈھیر پر بیٹھ گیا۔

"تم جاتے کیوں نہیں؟" اس سیاہ عورت نے پھر ٹوکری میں بجری بھرتے ہوئے کہا۔

"بھوک لگی ہے۔"

"بھوک لگی ہے تو کوئی کام کرو!" وہ ٹوکری اٹھا کے پھر چلی گئی۔

جب واپس آئی تو مگن لال نے کہا "مجھے کوئی کام دلوا دو!"

"کیا کام کر سکتے ہو؟"

"جو تم کر سکتی ہو۔"

"میں تو بجری کی ٹوکری اٹھاتی ہوں۔"

"میں بھی اٹھالوں گا۔"

وہ اس کے زرد چہرے اور اس کے دبلے پتلے جسم کو دیکھ کر ہنسی۔ کچھ کہا نہیں اس نے ٹوکری اٹھا کر چلی گئی۔ پھر جو واپس آئی تو، سفید بالوں اور سفید مونچھوں والے ایک بڈھے کو ساتھ لے کر آئی۔

مگن لال کو دیکھ کر اس سفید مونچھوں والے بڈھے کے چہرے پر ایک تبسم آیا...... بولا "اٹھ کر کھڑے ہو جاؤ۔"

مگن لال اٹھ کر بجری کے ڈھیر پہ کھڑا ہو گیا۔

بڈھے نے اسے سر سے پاؤں تک دیکھا۔ پھر بولا "کام کرے گا؟"

"کرے گا۔"

" ادھر مرد لوگ کو ڈیڑھ روپیہ روج ملتا ہے۔ عورت لوگ کو ایک روپیہ ملتا ہے۔

—— تمہارا شریر بہت دبلا ہے۔ جنائی مالک ہے۔" وہ ہنسا" تم کو صرف ایک روپیہ روج ملے گا۔ چلے گا۔؟"

"چلے گا۔"

"تو پھر اٹھاؤ ٹوکری اور بجری بھرو!"

دن بھر وہ بجری بھرتا رہا۔ پہلی بیس پچیس ٹوکریوں میں تو اسے کوئی تکلیف نہ ہوئی پھر ہوتے ہوتے تو اوشل ہونے لگے ٹوکری بھاری معلوم ہونے لگی۔ جسم سے پسینہ پھوٹ کر بہنے لگا۔ سورج کی کرنیں اس کے جسم میں سوئیوں کی طرح چبھنے لگیں اسے بار بار پیاس لگنے لگی ہاتھ پاؤں بھاری محسوس ہونے لگے۔ جیسے اس کی رگوں میں خون کے بجائے پگھلا ہوا سیسہ بہہ رہا ہے۔ پھر بھی وہ دانت پیس کر دن بھر ٹوکری اٹھاتا رہا۔ دن میں دس مرتبہ اسے خیال آیا کہ وہ ٹوکری پھینک کر چلا جائے۔ سڑک پر سے گزرتی ہوئی کسی ٹیکسی کو آواز دے کر روک لے اور سیدھا اپنے عیش و فراغت کے گہوارے میں واپس چلا جائے۔ مگر وہ دانت پیس کر کام کرتا رہا۔ شام کو جب اسے چھٹی ملی تو وہ اس بجری کے ڈھیر پر خالی ٹوکری پھینک کر ہانپتا ہوا لیٹ گیا۔ شام کی سمندری ہوا ہوتے ہوتے اس کے جسم کا پسینہ خشک کرتی چلی گئی اسے نیند سی آنے لگی اسے اپنے جسم میں انتہائی نقاہت سی محسوس ہونے لگی تھی اسے معلوم بھی نہیں ہوا کب اس کی آنکھیں بند ہونے لگیں؟ کب وہ سو گیا؟ ایکا ایکی رات کو کسی نے اسے جھنجھوڑ کر جگایا۔

وہ کالی عورت اس کے سر پر جھکی ہوئی کہہ رہی تھی "اٹھو کھانا کھا لو۔ کیا بھوکے ہی سو جاؤ گے؟"

اس نے گھبرا کر ادھر ادھر دیکھا۔ سمندر تاریک ہو چکا ہے۔ بارہ منزلہ نامکمل بلڈنگ

ایک خوفناک دیو کی طرح منہ پھاڑے کھڑی تھی اس کے قدموں میں مزدوروں کی چھوٹی چھوٹی ٹولیاں آگ جلائے کھانا کھانے میں مصروف تھیں آوازیں، گالیاں، ہنسی، عورتوں کی چہکاریں ننگ دھڑنگ بچے آدھی چپاتی ہاتھ میں لئے جبڑے چلاتے ہوئے۔

ایک موٹی چپاتی پر اس کالی عورت نے تھوڑا سا ساگ رکھ دیا۔ پہلے تو مگن کی سمجھ میں نہ آیا کہ وہ اس کا کیا کرے؟ وہ چھری کانٹوں سے کھانے کا عادی تھا اور کوئی طریقہ اس کی سمجھ میں نہ آتا تھا۔ مگر اب اسے بھوک بھی زوروں سے لگ رہی تھی اس نے چپاتی کو توڑ توڑ کر بڑی سنجیدگی سے ایک سا بیچ نما سینڈوچ بنایا اور اسے بڑی ادا سے کھانے لگا سیاہ عورت مسکرا کر اس کی طرف دیکھتی رہی۔ کھا کر اس نے کہا "ایک چپاتی اور دو!"

"نہیں!" وہ بولی "آج کل راشن مہنگا ہے پہلے ہم دو چپاتی کھاتے تھے۔ اب ہم سب لوگ ایک ایک چپاتی کھاتے ہیں۔"

"مگر مجھے بہت بھوک لگی ہے۔"

• "نل سے جیادہ پانی پی کر سو جاؤ۔ پر دوسری چپاتی نہیں ملے گی۔"

نل سے پانی پی کر وہ پھر اپنی جگہ لیٹ گیا۔ پر اب اسے نیند نہیں آرہی تھی آسمان پر تارے کھلے ہوئے تھے۔ وہ دیر تک انہیں دیکھتا رہا۔ پھر اس نے کروٹ بدل کر اپنے قریب لیٹی ہوئی عورت کو غور سے دیکھا وہ بھی اپنی کھلی آنکھوں سے آسمان کی طرف دیکھ رہی تھی۔

"تمہارا نام کیا ہے۔؟" مگن لال نے اس سے پوچھا۔

"تلسی۔" وہ بولی۔

"تمہارا گھر والا کدھر ہے؟"

"میں نے اپنے گھر کو چھوڑ دیا ہے۔"

"کیوں؟"

"دارو پیتا تھا۔"

"کوئی بال بچہ؟"

"ایک لڑکی تھی۔ تاپ میں مر گئی۔"

وہ دیر تک چپ رہا..... دیر تک وہ چپ رہی..... ہوا کے ہلکے ہلکے جھونکے آتے رہے اور مگن کے بدن کو گدگداتے رہے۔ تلسی نے اپنے دونوں بازو اپنی چھاتیوں پر باندھ لئے تھے اور بظاہر آسمان کو دیکھنے میں منہمک تھی۔ پھر وہ اچانک بولی۔

"تمہارا نام؟"

"مگن۔"

"گھر والی؟"

"وہ مجھے چھوڑ کر چلی گئی ہے۔"

"کوئی بال بچہ؟"

"کوئی نہیں۔"

پھر رات بھر تلسی نہیں بولی۔ مگن بھی تارے گنتے گنتے سو گیا۔ صبح جب اٹھا تو اس کا سارا جسم تپ رہا تھا۔ اور سارا جسم دکھ رہا تھا۔ پر اس نے تلسی کو کچھ نہیں بتایا۔ ٹوکری اٹھا کے دن بھر کام کرتا رہا۔ کبھی کبھی اسے ایسا محسوس ہوتا۔ جیسے کام کرتے کرتے اس کا دم نکل جائے گا۔ مگر پھر بھی دانت پیس کر وہ کام کرتا رہا۔ شام کو بالکل بے دم ہو کر زمین پر بے سدھ پڑ گیا۔ رات کو تلسی نے اسے جگایا۔ وہ ہاتھ میں تھالی لئے اس کے سرہانے بیٹھی

تھی۔ اور اس کی طرف ہمدردی بھری نگاہوں سے دیکھ رہی تھی۔

"تمہیں تو بخار ہے۔"

"یونہی سا ہے۔"

"کوئی دوا لو گے؟"

"نہیں کل تک ٹھیک ہو جاؤں گا۔"

"اٹھو کھانا کھا لو۔ آج تمہیں دو چپاتیاں ملیں گی۔"

تلسی نے تھالی اس کے سامنے رکھ دی۔ اپنا کھانا اس میں سے اٹھا لیا۔

"تم تھالی لے لو۔" تلسی نے اصرار کیا۔

گمن نے تھالی میں کھانا کھا لیا۔ کھانا کھاتے ہی سو گیا۔ کچھ تو بخار تھا، کچھ تھکن، بالکل بے سدھ ہو کر سو گیا۔ رات کو تلسی دو ایک بار اٹھی۔ اس نے گمن کو بجری کے ڈھیر پر بالکل بچوں کی طرح سوتے دیکھا۔ گول گیند کی طرح۔ گھٹنوں میں اپنا منہ چھپائے ہوئے۔ تلسی نے اپنا پرانا بوسیدہ مگر گرم لحاف اس پر ڈال دیا۔ بہت صبح سویرے جب گمن کو پیاس لگی تو اس نے تلسی کے لحاف کو اپنے جسم کے اوپر دیکھا۔ قریب میں تلسی بے خبر سو رہی تھی۔ تارے ماند پڑ رہے تھے۔ بارہ منزلہ بلڈنگ کے نامکمل دروازوں، کھڑکیوں کی مستطیلوں میں سے روشنی چھن کے آ رہی تھی۔ اس نے اپنے ماتھے پر ہاتھ رکھا۔ بخار کل سے بھی تیز تھا۔ اور ہتھیلیاں بجری اٹھا اٹھا کر سوج گئی تھیں۔

آج اسے کام کرتے ہوئے بے حد تکلیف ہوتی رہی۔ اسے ایسا لگتا تھا جیسے اس کا جسم لکڑی کے جوڑوں سے بنا ہے۔ یا مشین کے زنگ کھائے ہوئے پرزوں سے۔ آج وہ بہت جلد ہانپ جاتا ہے۔ آنکھوں کے آگے ترمرے سے ناچنے لگتے ہیں۔ کبھی کبھی سارا

آسمان لال ہو جاتا ہے۔ سر میں چکر آتا ہے۔ تلسی نے اسے کام کرنے سے منع کیا۔ مگر وہ نہ مانا۔ گرتا پڑتا کسی نہ کسی طرح سے دن بھر ٹوکری ڈھونڈتا رہا۔ شام تک خود بخود اس کا بخار کم ہو گیا۔ بدن ہلکا ہلکا سا لگنے لگا۔ دوسرے دن بخار اور بھی کم ہو گیا۔ تیسرے دن آپ ہی آپ ٹوٹ گیا۔ کوئی دوا کئے بغیر۔ مگر ہاتھوں کی بُری حالت ہو چکی تھی۔ ٹوکری ڈھوتے ڈھوتے کھال تک ادھڑنے لگی تھی۔ تیسری رات یہ حالت ہو گئی کہ وہ اپنے ہاتھوں سے کھانا بھی نہیں کھا سکتا تھا۔

"میرے قریب آؤ۔ میں تمہیں کھلا دوں۔"

"نہیں!" گمن نے سر ہلا کر انکار کر دیا۔ مگر روٹی اٹھا کر جو لقمہ توڑنا چاہا۔ تو لقمہ اس کے ہاتھ سے گر پڑا۔

"ادھر آؤ۔" تلسی گرج کر بولی اور اس نے گمن کی تھالی کو اپنے قریب سرکا لیا۔ گمن اس کے قریب چلا گیا۔ وہ ایک لقمہ توڑ کر اس کے منہ میں دیتی۔ دوسرا لقمہ توڑ کر اپنے منہ میں رکھتی۔ دونوں جبڑے چلاتے ہوئے مسرور نگاہوں سے ایک دوسرے کو دیکھنے لگے۔ تلسی کی آنکھیں تارا جیسی چمک رہی تھیں، اور گمن کو ایسا محسوس ہو رہا تھا جیسے اس کے رگ و ریشے میں رچا ہوا برسوں کا زنگ دھیرے دھیرے دھل رہا ہے۔ اس کی روح کے گرد جمی ہوئی برف کا دائرہ ہولے ہولے پگھل رہا ہے۔

کھانا کھلا کے اور تھالی برتن صاف کر کے تلسی نے کہیں سے تیل کی ایک چھوٹی سی شیشی نکالی۔ اور گمن کے ہاتھوں کو دھیرے دھیرے چپڑنے لگی۔ تیل چپڑ کر اس نے اپنی ایک بے حد پرانی اور بوسیدہ ساڑھی نکالی اور اس کی دھجیاں پھاڑ پھاڑ کر اس نے گمن کی ہتھیلیوں کو باندھ دیا۔

دوسرے دن گمن انہیں دھجیوں سے بندھے ہاتھوں سے ٹوکری اٹھا اٹھا کے کام کرتا رہا۔ اگلے چار پانچ دنوں میں اس کے ہاتھوں کے زخم بھر گئے۔ سوجن غائب ہو گئی..... ہاتھوں میں سخت گھٹے پڑ گئے۔ اب وہ بغیر کسی تکلیف کے اپنے ہاتھوں سے بجری بھر سکتا تھا۔ اس کے جسم کی زردی ہوئے ہوئے دور ہوتی گئی۔ کھلی دھوپ، کھلی ہوا اور رات کی کھلی فضا سے اس کے جسم میں ایک نئی طاقت دوڑنے لگی۔ اگلے پندرہ بیس دن میں وہ اتنا اچھا کام کرنے لگا کہ سفید مونچھوں والے نے اسے ترقی دے کر اسے مردوں کے گریڈ میں رکھ دیا۔ اب اسے ڈیڑھ روپیہ روز ملنے لگا۔ وہ تلسی کو دن کے کھانے کے پانچ آنے اور رات کے کھانے کے چھ آنے دیتا تھا۔ دو آنے کی چائے پیتا تھا۔ کبھی چار آنے کی۔ باقی پیسے وہ تلسی کے پاس ہی رکھ دیتا تھا۔ اس کے جوتے ٹوٹ گئے تھے پتلون پھٹ کر نیکر بن گئی تھی۔ اور گھٹنوں سے ذرا نیچے چیتھڑوں کی طرح لٹک رہی تھی..... مگر وہ خوش تھا۔

چند دن بعد تلسی اس کے لئے بھورے رنگ کی ایک لنگی لے آئی۔ اس نے اپنی نیکر نما چیتھڑوں والی پتلون اتار کر اسے وہ لنگی پہننے کو کہا۔ پہلے تو گمن نے انکار کیا مگر تلسی کا چہرہ دیکھ کر وہ مان گیا۔ آج وہ خوب نہایا۔ پہلی بار تلسی نے اس کے کپڑے دھوئے۔ اس کے بالوں میں تیل ڈال کر اس کے سر کی اچھی طرح مالش کی۔ اور اپنے کنگھے سے اسکے سر کے بال سنوار دیئے۔ آج وہ بار بار بے اختیار مسکرا رہی تھی۔ ہنس رہی تھی۔ گنگنا رہی تھی۔ اور جب چلتی تھی تو فضا میں اس کا جسم ایک ابابیل کی طرح ڈولتا ہوا اور تیرتا ہوا معلوم ہوتا تھا۔

اسی طرح کام کرتے کرتے ایک ماہ اور گزر گیا۔ گمن اپنے بدن میں ایک نئی پھرتی، چستی اور طاقت محسوس کرنے لگا۔ اس کا سارا بدن سنولا گیا تھا۔ باہنوں کی مچھلیاں ابھر آئی تھیں اور پاؤں کے تلوے بجری کے پتھروں کی طرح سخت ہو چلے تھے۔ بلڈنگ بھی مکمل

ہو چلی تھی۔ چند دنوں میں کام ختم ہو جائے گا۔ پھر انہیں یہ بلڈنگ چھوڑ دینا پڑے گی۔

"پھر ہم کیا کریں گے ؟" گمن نے کسی قدر پریشان ہو کر تلسی سے پوچھا۔

تلسی بڑی لاپرواہی سے بولی: "اونہہ ! کسی دوسری بلڈنگ پر جا کے ٹوکری ڈھو لیں گے۔ بہت بلڈنگیں بن رہی ہیں۔"

اس کے لہجے میں ایسا گہرا اطمینان تھا کہ گمن کو یقین آ گیا۔ وہ کروٹ بدل کر سو گیا۔

ابھی اسے سوئے ہوئے زیادہ دیر نہ گزری تھی کہ اس کے کان شور و غل کی آواز سے چونک گئے۔ اور وہ آنکھیں کھول کر بیدار ہو گیا۔

ایک آدمی تلسی کو لاتوں ہاتھوں سے گھسیٹ کر پیٹنے کی کوشش کر رہا تھا۔ تلسی زور زور سے چلا رہی تھی اور اپنے آپ کو چھڑانے کی کوشش کر رہی تھی۔ دونوں میں ہاتھا پائی ہو رہی تھی۔ ایک دم گمن لال گھبرا کر اٹھ بیٹھا اور ان دونوں کے قریب جا کر بولا ..... "کیا ہے ؟"

"تم کو کیا ہے ؟" وہ آدمی غرا کر بولا۔ "یہ میری گھر والی ہے۔ اس کو لے جا رہا ہوں۔"

"نہ تو میرا گھر والا ہے، نہ میں تیری گھر والی ہوں۔ میں تجھ کو چھوڑ چکی۔" تلسی غصے سے چیخ رہی تھی۔ جب سے تو نے میری تائی کی جان لی۔ میں تجھ کو چھوڑ چکی۔ آج ڈیڑھ دو سال کے بعد تجھ کو اپنی گھر والی کی یاد آئی ؟"

"جانے دے، جانے دے !" دوسرا آدمی جو تلسی کے گھر والے سے بھی لمبا تڑنگا تھا، تلسی کو سمجھاتے ہوئے بولا ..... "اس کو معاف کر دے گھر چل۔"

"نہیں میں اس کے سنگ کبھی نہیں جاؤں گی۔ کبھی اس کے سنگ نہیں رہوں گی۔ دارو پی پی کر اس نے مجھے بھوکا مار ڈالا۔ میری ساری کمائی بھی چھین لیتا تھا دارو پی جاتا تھا۔"

"اب نہیں پیئے گا۔" دوسرا آدمی بولا۔

"کیسے نہیں پیئے گا ! ابھی اس ٹیم تم دونوں دارو پی کے آئے ہو !"

"چلتی ہے کہ اور مار کھائے گی؟" کھاکھرے نے تلسی کو لات مار کے کہا۔

گمن لپک کر کھاکھرے کے سامنے آگیا۔ غضب ناک لہجے میں بولا۔

"اس کو چھوڑ دو۔!"

"کیوں چھوڑ دوں؟ کیا تم اس کے یار ہو؟"

گمن نے اس کے منہ پر ایک گھونسا مارا۔ کھاکھرے کے منہ سے خون نکلنے لگا۔ گمن کو بڑی حیرت ہوئی۔ اسے معلوم نہیں تھا اس کے گھونسے میں اتنی طاقت ہوگی۔

کھاکھرے گالی بکتا ہوا گمن سے لپٹ گیا۔ ایڑی مار کر اس نے گمن کو نیچے گرا لیا۔ دونوں زمین پر اوپر تلے ہونے لگے۔ بجری کے ڈھیر سے لڑھکتے ہوئے دور تک نیچے چلے گئے۔ گمن غصے میں دونوں ہاتھ پاؤں چلا کر وار کر رہا تھا۔ کچھ دیر کے بعد کھاکھرے ہانپنے لگا۔ تو اس کا دوست کھاکھرے کی مدد کو پہنچا دونوں مل کر گمن کا مقابلہ کرنے لگے۔ گمن بڑی جیداری سے لڑتا گیا۔ مگر وہ دو تھے اور گمن اکیلا تھا۔ گمن کا پلہ ہلکا پڑنے لگا۔ دونوں مل کر اسے پیٹنے لگے تو تلسی میدان میں آگئی۔ کبھی وہ ایک کو گھونسا مارتی۔ کبھی دوسرے سے گھونسا کھاتی، کبھی دانت کٹکٹاتی، کبھی پتھر اٹھا کے مارتی۔ مگر دوسرا آدمی بہت تگڑا تھا۔ اس نے تلسی کو بہت جلد چت کر دیا۔ اور وہ بھی بے دم ہو کر کھاکھرے کے قریب گر پڑی۔ اب لڑائی گمن اور اس تگڑے آدمی کے بیچ ہو رہی تھی۔ گمن ایک دیوانے کی طرح لڑ رہا تھا لگتا تھا جیسے وہ لڑتے لڑتے مر جائے گا۔ مگر ہار نہیں مانے گا۔ اپنے جسم کا آخری زور لگا کے اس نے اس تگڑے آدمی کو زمین پر گرا دیا اور پھر قریب سے ایک بڑا سا پتھر اٹھا کے اس کے سر پر کھڑا ہو گیا۔

"اب اٹھے تو اس پتھر سے تمہارا سر کچل دوں گا" گمن ہانپتے ہانپتے مگر شدید غصے کے

عالم میں بولا۔

لنگڑے آدمی نے گمن کے غضب ناک تیور دیکھ کر ہتھیار ڈال دیئے۔ بیٹھے بیٹھے اپنے دونوں ہاتھ اوپر کرکے بولا۔۔۔۔" سالا اس ٹیم وار دپیا ہے بہت۔ لڑ نہیں سکتا۔ صبح کا ٹیم ہوتا تو تم کو دکھاتا تھا۔ اس ٹیم ہم کو مافی دو۔

اتنے میں بہت سے مزدور، مرد عورتیں اور بچے بھی جمع ہو گئے تھے۔ کھاکھرے اپنے دوست کو لے کر وہاں سے چلا گیا۔ گمن نے پتھر اپنے ہاتھوں سے نیچے زمین پر پھینک دیا۔

اس رات سفید مونچھوں والے بڈھے نے تلسی اور گمن کو صلاح دی کہ وہ دونوں باہر نہ سوئیں۔ نہ بجری پر، بلکہ بلڈنگ کے اندر گراؤنڈ فلور کے کسی کمرے میں جاکے سو جائیں۔ کیا معلوم یہ لوگ پھر بد معاشی کریں۔ اور دوسرے غنڈوں کو لے کر آئیں۔

ایک کمرے کے اندھیرے فرش پر دونوں لیٹے تھے۔ چپ چاپ۔۔۔۔ سمندر کی فاتحانہ گرج گمن کو اپنے دل کی دھڑکن کی بازگشت معلوم ہوتی تھی۔

"گمنے!" تلسی بڑے کمزور لہجے میں بولی۔

"ہاں۔"

"تو میرے لئے کیوں لڑا؟"

"ایسے ہی۔"

"بہت چوٹ کھائی ہے!"

"نہیں تو۔"

"کہاں کہاں چوٹ لگی مجھے بتا دو!"

"کہہ جو رہا ہوں کہیں چوٹ نہیں لگی۔"

"میں پوچھتی ہوں مگنے۔ تم میرے لئے کیوں لڑے؟"

مگن چپ رہا۔ یکایک اس نے محسوس کیا کہ تلسی کا ہاتھ اس کے جسم کو دھیرے دھیرے ٹٹول رہا ہے۔ ہوا کی سرگوشی سے بھی زیادہ کمزور آواز میں وہ بولی.....!

"کیا یہاں چوٹ لگی ہے؟..... کیا یہاں چوٹ لگی ہے؟"

تلسی کی نرم نرم انگلیاں مگن کے جسم کو چھونے لگیں۔

"ارے یہ کیا ہو رہا ہے؟..... یہ کیا ہو رہا ہے؟ مگن اپنے آپ سے پوچھنے لگا: میرا جسم کیوں گرم ہو رہا ہے، زمین سے بخارات اُٹھ رہے ہیں۔ سمندر کا شور اچانک بڑھ گیا ہے۔ دیواریں سانس لے رہی ہیں۔ کسی مسرت آمیز خوشی میں کانپ رہی ہیں۔ مگن کے اپنے ہاتھوں سے چنگاریاں سی اڑتی محسوس ہونے لگیں۔ رگوں میں خون لَو دینے لگا۔ آنکھوں میں شعلے بھڑکنے لگے۔ اس نے بڑی تیزی سے تلسی کو اپنی دونوں باہنوں سے گھسیٹ کر اپنے سینے پر گرالیا۔ اور جذبات سے گلوگیر آواز میں آتشیں لہجے میں بولا۔

"آ تجھے بتاؤں۔ مجھے کہاں چوٹ لگی ہے۔"

اب وہ اس بلڈنگ سے بہت دور شہر کے دوسرے حصے سے گزر رہے تھے۔ کام کی تلاش میں..... مگن نے تلسی کا ہاتھ پکڑا ہوا تھا۔ اور وہ دونوں خوش خوش نئے شادی شدہ جوڑے کی طرح ایک دوسرے کیطرف دیکھکر آنکھوں ہی آنکھوں میں مسکراتے ہوئے ساتھ ساتھ چل رہے تھے۔ ایک بہت بڑی محل نما عمارت کو دیکھ کر تلسی ٹھٹھک کر رُک گئی۔ حیرت سے دیکھنے لگی۔

"کسی راجہ کا محل معلوم ہوتا ہے۔" مگن اپنے گھر کی عالی شان عمارت کو دیکھ کر زور سے ہنسا۔ بولا "ہاں۔ مگر اس محل میں سب نامرد رہتے ہیں۔"

اتنا کہہ کر وہ تلسی کو گھسیٹ کر آگے لے گیا۔ محل پیچھے رہ گیا نظروں سے دور ہو گیا۔ ہمیشہ کیلئے.....